KB060750

문학과지성 시인선 541

22
: Chae Mi Hee

장현 시집

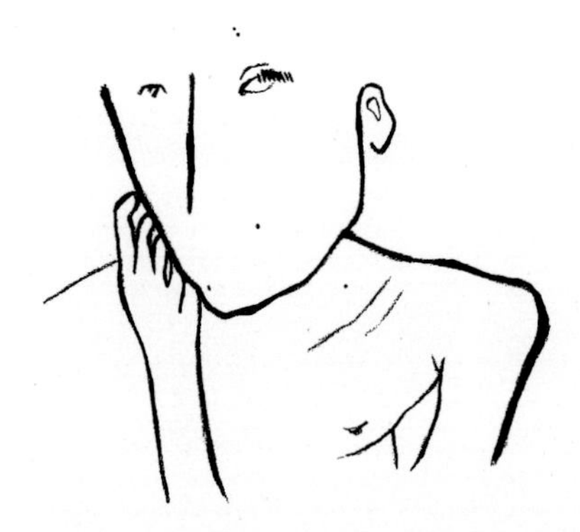

문학과지성사

문학과지성 시인선 541
22
: Chae Mi Hee

초판 1쇄 발행 2020년 6월 10일
초판 2쇄 발행 2021년 5월 26일

지 은 이 장현
펴 낸 이 이광호
주 간 이근혜
편 집 조은혜 최지인 이민희 박선우
펴 낸 곳 ㈜문학과지성사
등록번호 제1993-000098호
주 소 04034 서울 마포구 잔다리로7길 18(서교동 377-20)
전 화 02)338-7224
팩 스 02)323-4180(편집) 02)338-7221(영업)
전자우편 moonji@moonji.com
홈페이지 www.moonji.com

ISBN 978-89-320-3637-3 03810

이 도서의 국립중앙도서관 출판예정도서목록(CIP)은 서지정보유통지원시스템 홈페이지(http://seoji.nl.go.kr)와 국가자료공동목록시스템(http://www.nl.go.kr/kolisnet)에서 이용하실 수 있습니다. (CIP제어번호: CIP2020022252)

KOMCA 승인 필.

문학과지성 시인선 541

22
: Chae Mi Hee

장현

"Hello World!"

시인의 말

log 2019.
Pattern or patterns

log 2018.
動機－附與

log 2017.
여러분들은 성폭력을 모르는 것이 아니라
문학을 모르는 것*입니다

2020년 6월
장현

---

* 정희진, 「젠더 사회와 미투」, 『문학동네』 2018년 여름호, p. 331.

22
: Chae Mi Hee

차례

Chae Mi Hee

by Jang Hyun

장현
채미희

In 2017, 22

선생님께

10:03 p.m.

"연구자의 조건은 연구자가 의식하든 안 하든 연구에 영향을 미친다. 연구 대상의 이야기에서 자신이 어떤 부분에 반응하는지 모르면 연구의 '객관성'은 확보되기 힘들다.

연구자가 자기 자신을 알 때 연구자는 연구 대상과 맺는 관계가 투사인지, 계몽인지, 의식화인지, 혹은 전이인지 유도 질문인지 구별할 수 있다."*

08:54 p.m.

두부와 올리브

깜짝 선물 초상화

---

* 정희진, 『저는 오늘 꽃을 받았어요: 가정 폭력과 여성 인권』, 또하나의문화, 2001. 이승주, 「집단적 성구매를 통해 구축되는 남성성과 남성들 간의 관계 맺기」, 이화여자대학교 대학원 석사학위 논문, 2009, pp. 12~13에서 재인용.

인성 쓰레기 애인

“Oh, how I hate to see October go”

도서관에서 어느 주말

검색 불가 그만해 그만해 그만해 그만 그만 그만해 그만하자 응? 짜치잖아 짜쳐 짜쳐 짜쳐 그만해 그만해 그만 만들어 만드는 거 중독

도서관을 나오며 종이에게 사과해 종이에게 사과해 종이에게 나무에게 사과해

From now on, and so here is

패턴

패턴들

*

Monday, September 23, 2019

일러두기, 도대체 몇 번을 다시 쓰는지 모르겠는, 모든 말들이 너무 오래되었고, 내가 잘 사용하지 못해왔다는 생각과 내가 너무 잘 사용해왔다는 생각이 동시에, 무엇이 잘못되었을까, 무엇이 있긴 할까, 무슨 헛소리야, 이유는 없다 목적도 없다 그래도 되니까 그랬겠지, 그래서 이것을 멈추려고 멈춰보려고 내가 아는 것과 내가 궁금한 것 그리고 이 모든 것을 의심해볼 것 이것만 남기기, 무엇이 없어도 상관없지만, 이렇게 이렇게 나는 쓰고 있으니까 좋아하니까, 어느 순간 내가 말을 사용하는 것이 아니라 말이 나를 사용하고 있다는 느낌이 들었을 때, 이 느낌을 확인하기 위해 이 느낌을 성찰하기 위해, 이 느낌을 좋아할지 싫어할지 좋아해야 할지 싫어해야 할지 알기 위해, 혹시 말이 나를 싫어하면 어쩌나 하는 생각까지, 이 생각들을, 이런 생각을 하며 과거란 말은 쓰지 않겠다고 했으니까 미래라는 말도 쓰지 않기로 했으니까 현재라는 말 대신 다르게 말할 거니까, 이런 글을 쓰기도 했었다는 것과 이런 글을 쓰고

있다는 것과 앞으로 이런 글을 쓰겠다 쓰고 싶다 정도의
마음을, 말을, 일러두기

*

2017년 5월 16일 화요일

선생님께.

오늘도 학교에 갔습니다. 아직 저는 학교입니다.
학교에 다녀오면 많은 것들이 사라진다는 것을.
선생님은 아시겠죠. 또 얼마나 걸릴지 모르겠습니다만
저는 인사성을 잃고 있습니다. 참지 못하고 그늘을 찢고
나온 학생들은. 별의 폭발음에도 호들갑 떨지 않으며
피로한 표정으로 휴대폰을 보며 걷습니다. 발을 절며
따라가는 신입생 그리고 학생들은 길로 들어갑니다.
학교 바깥으로 조금만 나가면 길에서 길로 길에서 오직
길로 이어집니다. 길은 말을 합니다. 제가 또 이상한
것을 듣고 있는가요. 땀을 뻘뻘 흘리는 태양이 묻습니다.
그만 이 지긋지긋한 자전을 멈출까? 그렇습니다.
선생님은 여기에 없으셨습니다. 저는 있어야 합니다.
저는 망치를 든 감독관처럼 길을 걸으며 다가오는
것들에게 이름을 묻습니다. 저 멀리 빨간불과 파란불이
동시에 들어옵니다. 지금부터가 중요합니다. 선생님도
잘 보셔야 합니다. 제가 언제 어디서 어떻게 예의를

지키는지. 놀랍군요. 바다까지 와서 정상을 꿈꾸는
학생이 있습니다. 누가 들어오고 나가도 고갤 돌리지
않습니다. 그는 집 나간 누군가를. 혐오합니다. 그의
집은 뭐 뻔하겠지요. 학교 사물함에 있는 제 책은 완전히
상할 때까지 열어보지 않아 기대가 큽니다. 기다림에
잠을 설쳤고 누워서도 욕을 했습니다. 식물을 키워본
적이 있으십니까? 죽어가는 꽃들을 지켜볼까요. 뿌리를
뽑아요. 그렇게 할 때 인간은 죽음을 본다 그러셨잖아요.
미워하는 힘으로 살아가는 사람들은 혼자 상상의
법정에 섭니다. 그래요, 제가 피고인이면서 검사이면서
증인이면서 재판관입니다. 척박한 영토에서 가출한
그 아이가 저였고 저는 다시 아이를 낳았고 그 아이는
도망갔답니다. 사랑이었을까요. 사랑이었겠지요.
오늘도. 조나단의 꿈이 재생되는 바다에는 쓰는 자와
읽는 자가 있습니다. 쓰는 자는 쓸 때마다 다르게.
읽는 자는 읽을 때마다 다르게. 둘은 우산을 함께 쓰고
도서관과 카페로 향합니다. 별사탕을 나눠 먹으며
서로의 절제를 확인합니다. 미래는 곧 날조로 가득 찰
것입니다. 목적 없는 우리는 관용을 베풀 것입니다.

풍경에 구멍을 내려고 팔을 뻗는 둥근무늬밤게들이 종종
보이겠지만 구둣발로 차지는 마십시오 선생님. 바다는
집입니다. 잘 표현된 불행. 그걸 학교에서 지도하셨죠.
저희의 봄밤에 태어난 것들을 기억하십시오. 제 글을
다시 한번 읽어보셨나요? 나쁘지 않죠? 다른 사람을
베낀 것 같다고요? 그래요. 맞아요. 좆팔 내가 한번 그
사람처럼 써보고 싶었어요. 내가 그 사람처럼요. 아,
근데 저의 아버지는 제가 욕하는 걸 정말 싫어하셨어요.
정말 웃기고 불쌍한 양반이었는데. 부모란 정말 뭘까요?
왜 그렇게 진지할까요? 선생님도 똑같잖아요. 쌍욕을
퍼부어주고 싶다구요 정말. 우리가 한 번도 누운 적 없는
곳. 여백 행간 틈새 뒷장에 모여 사는 것들이 실루엣으로
떠다닙니다. 제 이야기를 조금만 더. 뾰족한 손톱을
애인이 다듬는데요. 남의 입장을 이해하는 것이 완전히
불가능한 일은 아니더군요. 야행성 동물들이 애인의
발 주위로 모입니다. 애인이 부탁합니다. 열정 3악장
코다부터 한 번 더. 애인이 부탁했지만 꼭 애인 때문에
치는 건 아닙니다. 나는 건반을 두드리고 애인은 파도를
자를 것입니다. 제가 도울 일은 아무것도 없습니다,

선생님. 선생님의 스승의 스승의 스승의 스승이
그랬듯. 역사는 반복이야, 말씀하셨지만 미래가 예전
같지 않습니다. 이런 말, 익숙하시죠. 바다는 물이며
집이라는 것과 이미 죽은 별에 대해서는 생각하지
않기로 했습니다. 제발. 학생들의 낮은 점수는 속으로만
속으로만. 그렇게 함으로써 우리에게 평화가 주어진다면
서두르지 않을 수 있다면 저는 애인과 이곳에 한 번
더 오겠습니다. 학교에서 여기까지는 멉니다. 얼마나
걸릴지 모르겠습니다. 여전히 학생들이 미래를 배우고.
가끔 미래를 오역하지 않는다면. 간헐적으로 웃는다면.
외면하지 않고 기억한다면. 아름다움이 조금 늦더라도.
다녀오겠습니다.

*

Monday, July 1, 2019

캔버스에 한지, 혼합 재료
아르슈지에 연필, 혼합 재료
우리는 이미 너무 많은 것을 이해하고 있고
이해하려고 노력 중인데 그때
우리의 이해를 적으로 간주하고 우리를 무시하고
우리를 투명 인간으로 만드는 작품을 만났다고 우리가
착각할 때
(텍스트는 우리를 비웃는다 까르르…… 까르르르……)
미술관에서 휴대폰을 압수하는 법안이 만들어진다면
마르기 전에
마르기 전에, 무엇이?
마르기 전에, 무엇이? 연필로 수없이 반복되는 선
긋기
캔버스를 의심하기 시작했다 이 문장 외엔 할 말이
없다 미안하다 내 눈앞에 신문이 있었고 난 그 위에 선을
긋고 붓을 누르고 뭔가를 하는 척했다 뭡니까 그 시선은
(까르르……)

변하는 것과 변하지 않는 것 소설과 소설이 아닌 것 추락과 상승 포유동물과 포유동물이 아닌 것 곤충과 곤충이 아닌 것 여자와 여자가 아닌 것 남자와 남자가 아닌 것 파란색과 파란색이 아닌 것 삶과 삶이 아닌 것 죽음과 죽음이 아닌 것 정상과 비정상 왼쪽과 오른쪽 정의와 부정 예술과 비예술 문학과 비문학 이론과 비이론 과학과 과학이 아닌 것 비유와 비유가 아닌 것 공격과 방어 개방과 폐쇄 도전과 도전하지 않는 것 진실과 거짓 나와 내가 아닌 것 인물과 인물이 아닌 것 배경과 배경이 아닌 것 무대와 객석 영 앤드 올드 기쁨과 기쁨이 아닌 것 그렇습니다 내가 요새 생각하는 것은 의지하는 것과 함부로 하는 것은 얼마나 다를까 벽과 사람 사람과 벽

우리는 인간짐승을 대상화하여 묘사하는 것이 아니라 우리 자신 자체를 인간짐승으로 그려야 한다* 아스거 욘은 말했다 이 전시는 국립현대미술관 서울관

---

* 「대안적 언어—아스거 욘, 사회운동가로서의 예술가」, 국립현대미술관 서울관, 19. 04. 12.~09. 08.

5전시실에서 열리고 있고 그 전시를 지나치며 나는
편지를 마저 적었다 선생님, 사람들은 제가 뭘 쓰는지
이제 궁금해하지 않습니다 제가 매주 뭘 쓸지는 이미
교실 전체에 알려져 있습니다 제가 쓰는 것보다 제가
뭘 입을지에 관심이 더 많은 것이 사람 사는 곳입니다
그렇다면 저는 제가 현재 생각하고 있는 것 제가 방금
먹은 것과 메모한 것을 옮겨 쓰는 일에 최선을 다할
것입니다 선생님께선 매주 학생들에게 강의실 단상에서
자신이 뭘 쓰고 있는지를 연극배우처럼 소개하셨죠
(선생님이 뭘 쓸 것인가에 대해서는 그 누구도 궁금해하지
않습니다 이미 알고 있는 것을 궁금해할 수는 없지
않습니까 알고 있는 것을 해체하고 낯설게 봐야 하는데
저희는 알고 싶은 것이 없기 때문입니다) 저는 4년 동안
교실에서 그것을 배웠습니다 그런데 저는 왜 아직도
같은 질문을 받는 걸까요 저는 교실에서 만족하지
않는 법 불만을 이야기하는 법 불편함으로 시작해서
불편함으로 끝내는 법 의심하고 질문으로 끝내는 법
이런 것들을 배울 거라고 생각했는데요 아, 이 얘기는
정말 길어질 것 같은데 어쩌죠 편지를 적고 있는

동안에요 선생님, 정말입니다 미술관에 불이 났네요
저는 우연하게도 안전한 장소에 있습니다 영상 작업이
모여 있는 전시실에서 불이 난 것 같은데 암실이라
소화기를 찾는 일이 이려위지는 것 같습니다 하지만
저와 이 편지는 아직 괜찮습니다 소화기가 너무 멀리
있을 때 사람들은 어떻게 할까요

*

아겔다마는 전쟁터 같은 피비린내 나는 싸움과 관련된 땅을 가리킨다 소설을 읽는 저녁이었다 책을 펴 소설을 읽어 내려가는 도중에 갑자기 줄과 줄 사이에서, 단어와 단어 사이 공백에서 작가가 튀어나왔다

튀어나온 작가 1은 자기가 누울 자리는 여기에 없네, 하고 담백하게 말한 뒤 얌전히 문을 닫고 들어갔다

어, 이상하네

튀어나온 작가 2는 자기가 누울 자리를 찾아오다 보니 여기까지 오게 되었다라는 긴 스토리를 찬찬히 설명했다 하지만 저는 전쟁터에서 막 나온 것은 아닙니다 저는 피도 안 흘렸고 제 옷은 깨끗합니다 화이트 셔츠 칼라에 커피 얼룩이 조금 묻었을 뿐입니다 (묻지 않았는데 작가 2는 계속 떠들었다) 저는 작가입니다 나는 그래서 뭐 어쩌라는 건지 싶은 표정으로 내려다보았고 튀어나온 작가 2는 잠시 생각하더니 여기서 좀 쉬다 가겠다고 했다 어디에? 어디긴 어디야 여기지 여기, 작가 2는 문장들을 겹겹이 단어와 공백 들로 침대 비슷한 모양의 누울 자리를 금세 뚝딱 만들었다 많이 만들어본 솜씨네, 하고 속으로 생각했다 그리고 거기에 누웠고 나는 책 사이를

엄지손가락으로 눌러 책을 고정했다 잠시 앉아 있다
가겠지 생각했던 작가 2는 오랜 시간 누워 있었다 잠든
척을 하는 것인가 (이 말은 소설이 소설인 척한다거나
저자가 저자인 척을 한다거나 하는 말의 뉘앙스를
생각하게 했고) 나는 종아리를 발로 까볼까 생각했고

어, 이상하다 이상해

책을 벌레처럼 뒤집어놓고 일기를 써야지

*

선생님, 방학이라 얼굴을 못 뵌 지 오래된 것 같습니다
잘 지내시는지요

저는 꾸준히 일기를 쓰고 있습니다 어느 날엔 시에
죽음에 대한 이야기나 꿈과 해몽에 대한 이야기를
그럴듯하게 적어대는 어떤 사람들에 대해 생각했습니다
그들이 정말 그럴듯하게 적었기 때문에 정말 그들은 한
번씩 죽어본 것이 아닐까 한동안 휴대폰을 멀리하고
잠만 잤더니 내가 퇴보한 것이 아닐까 내가 자는 사이에
꿈과 현실을 구분하고 문학과 일기와 영수증과 메모를
나누는 섬세한 필터를 과학과 인문학의 관계를 제대로
정립하는 기술을 인공지능으로부터 다운로드했기
때문에 여기와 저기를 자유롭게 이동할 수 있는
능력을 갖춘 것은 아닐까 (그렇다면 저는 조금은
부러워해도 되는 걸까요 부러우면 지는 걸까요) 이미 저
세계는 1세계의 혁명적 첨단 기술을 수입해 체화했고
이제 자신들이 그 1세계 시민이라는 것을 증명하는
라이선스를 휴대폰과 휴대폰 케이스 사이에 껴놓은 채
자부심을 느끼고 그 안에서 문학 같은 것을 (또) 발명해
인간 고유의 능력이라는 것을 발전시켜 추상의 추상

같은 것을 가지고 놀며 추상의 구상과 구상의 추상을
번갈아 시장에 내놓고 다시 패트론이 부활해 돈 많은
예술가의 전설이 생산되는 시대를 창조하는 것일까
하지만 여전히 과학적 시실이 누군가를 억압하는 데
쓰이고 인류의 지식을 객관에 위치시켜 신이 부활하고
신의 시점으로 무언가를 구분할 것만 같아 저는
두렵습니다 (선생님도 제게 물어보셨죠 네가 쓴 소설엔
왜 시점이 이 모양이냐 이것이 소설이냐, 선생님 사실
저는 신일까요) 당장 제 방엔 저와 제 고양이 아리와
식물들 이상의 생명을 수용할 공간이 없는데 인공지능과
다운로드와 이동과 테크놀로지와 신과 문학은 다
무엇입니까? 엉엉 울고 싶다 생각했습니다 저에겐 있는
것이 없습니다 없는 것이 없습니다, 선생님 제가 할 줄
아는 것과 하고 싶은 건 일기 쓰는 것밖에 없습니다

그러니까 이를테면 나는 왜 그가 표현한 이미지를
기만이라고 생각하는 걸까 그 자리에 나는 없고 그는
있어 그가 본 것을 적은 것인데 나는 왜 그를 믿지
못하고 그가 본 것은 더욱 믿을 수 없고 믿기 싫다

그리고 그 이미지들은 왜 서로를 의지하고 어떻게
필요조건으로 작동하는 것일까 조금이라도 다르게
해석될 수 있는 언어가 발화된다면 (네, 동어반복입니다)
그 언어가 내 입에서 나오기 전 얼른 그 언어를 부수고
싶다는 생각, 얼마 전까지 말과 언어와 의미 같은 것들이
서로 미끄러지고 그 모습이 학교를 마치고 귀가하는
채미희처럼 국어 학원에서 퇴근 후 소설을 쓰러 카페에
가는 내 친구들 카프카들처럼 귀엽고 예뻐 보이고
재밌었는데, 이제는 그렇지 않다 아주 아니다 나는 언어
아니면 아무것도 아니기 때문에 내가 약자의 위치에
서왔다는 생각이 들었고 억울하다는 감정을 느낄 새가
없었고 그렇다면 내가 할 수 있는 일은 저것을 부수는
일뿐, 그 언어가 나를 기만하고 내가 타인을 기만할
무수한 가능성과 (설령 그럴 일은 없겠지만) 누군가
출판된 내 글을 읽고 느낄 감정과 생각 들의 연상
작용까지 생각하면 참을 수 없이 그 언어를 망가뜨리고
싶다

선생님, 이제 강의실 단상에서 자신의 소설을
진지하게 낭독할 필요는 없으세요 선생님이
안쓰럽습니다 저희는 소설에 대해 고민하지 않습니다
저희는 오직 저희 자신에게만 집중하고 있습니다 소설은
우리로부터 달아난 것 같습니다 선생님, 방학을 마치고
새 학기에는 새 셔츠를 입고 오셔야 할 것 같습니다
저희가 원하는 사건은 그것입니다

○ 박상륭, 『아겔다마』, 문학과지성사, 1997.
○ 소설가 박상륭 타계 2주기(2019. 07. 01.).
○ 이상우, 『프리즘』, 문학동네, 2015.
○ Barry Manilow, 「When October Goes」.
○ soundcloud.com/kitannn/when-october-goes-cover

바벨

손발을 씻는 남자 돌과 풀을 엮어 의자를 준비하는 남자 멀리서 신발을 들고 달려오는 여자 첨벙 부딪치는 파도와 의자 종아리를 파도에게 찢어주는 여자 다시 만들면 다시 만들어지는 의자 파랑 위 남자가 모아놓은 축축한 조개껍데기 발바닥에 돌이 박히고 손수건을 모래 위에 떨어뜨리며 머리 끈을 내미는 여자 손 바가지를 만들어 바닷물을 퍼붓는 여자 물속에선 필요 없는 단정한 손마디 해변을 유영하는 아이의 노란 오리 여자의 한쪽 귀를 달고 다시 파도 위에 놓이지만 첨벙 엎어지는 의자 이제 발을 닦고 부족한 손가락은 남자에게 그림자에 붙는 모래알은 해변의 고아들에게

*

언제나 뒤에서 이 모든 광경을 지켜보는 여름이라는 신

해변이 조는 동안 예배당으로 숨는 모든 연인

고아들이 쌓은 모래성 두 채가 풀썩

신이 꾸는 첫번째 악몽

그녀의 손바닥

⊞

하나 둘 셋

문을 돌려 키홀을 연다거나

눈물을 따라 얼굴이 떨어진다거나

첫 문장이 누군가를 계속 찾고 있으니 연락 달라거나

작은 꽃이 영영 죽지 못하도록
유성펜으로 등에 귀여운 여름을 그렸다거나

옆 사람을 쿡쿡 찌르시오

바보
바보? 바보라고 부르지 말랬지

엄마 아빠를 버리고 오는 길이라거나

반지야 그때 내가 준 나쁜 새끼 돌려줘

요즘 옆집 사는 세계들은 어른을 보고도 인사를 안 해

스윽 나타났다가
벽을 잡고 껴안고 숨기고

하나 둘 셋
어두워지는 사람들

벽이
길어져
사람들은
주머니에 손을 넣고 떠나고

하필 그 앞에 남아
"혁명"
소리 내서 읽는 한 사람

(벽이 길어진다)

벽벽벽벽벽벽벽벽벽벽벽벽벽벽벽벽벽벽벽
벽벽벽벽벽벽벽벽벽벽벽벽벽벽벽벽벽벽벽벽
벽벽벽벽벽벽벽벽벽벽벽벽벽벽벽벽벽벽벽벽
벽벽벽벽벽벽벽벽벽벽벽벽벽벽벽벽벽벽

혁명?

혁명이 짓는 최초의 표정

산하

나는 꽃을 들고 나와 아침부터 저녁까지 돌아다닐 것이다 학교에서 버스에서 길에서 꽃은 가시를 벗고 잘도 죽어간다 내 수중에서 종일 죽었다 지나가던 개와 어린애는 걷다 멈춰 내 손을 흘끔 본다 내일이면 떨어질 꽃송이를 뜯어 공처럼 던졌다

음악실 옆 복도 끝 과학 실험실 나는 꽃을 한편에 거꾸로 매달아두고 실험에 집중했다 가지 꺾는 소리가 들렸다 친구는 손을 높이 들고 소리쳤다 선생님, 제가 공식을 발견했어요 새끼가 칭찬 듣고 싶어서 그런다 나는 바닥의 꽃잎을 밟는다 밟으면 밟을수록 발에서 꽃향기가 짙게 난다 남은 꽃잎을 한 손에 쓸어 모아 꽉 쥔다 어디서든 폐 끼치지 않는 사람이 되어야 한다고 선생님은 늘 말했다

종례를 마치고 집에 와서 잤다 꿈에 사막이 나왔다 사막을 걷다 보니 호수였다 나는 물을 닦고 속옷을 갈아입었다 꽃이 많이 작아졌고 하늘이 너무 맑아 유리 천장 같았다 알림장을 꺼내 상상해보기 칸에 적는다 선생님이

좋아할 것 같다 선생님이 좋아할 만한 걸 쓰라고 형이 그랬다 나는 미지근한 우유와 삶은 달걀을 까먹으며 형을 기다린다 새가 높이 날다 꽃처럼 떨어진다 새끼처럼 손을 높이 들면 나도 닿을지 모르겠다

칠월

신을 벗고 들어간 곳엔
사람보다 문이 먼저였다
열어야 할 문에서
다시 닫아야 할 문까지
문턱에 고인 꿉꿉한 공기는
이 계절에 잘 어울린다
배꼽처럼 일그러지는 손잡이
안은 아직 덜 굳었고
바깥은
지저분하지만
당신은 얼마간 머무를 것이다
그동안 썼던
계절이 없는 방을 찾아
도망쳐 온 여자들의 이야기를 시작한다
방은 너무 좁고
나는 잘라놓은 과일 위로
다섯 갈래의 포크를 찍는다
천장에는
내가 원하는 형태의 여름

말린 꽃을 매달아두는
당신 마음 같은 것
이름 없는 풀 앞에서
옷을 한 번 정리한다
누가 내 머리를 밟고 문턱을 넘는다
떨어뜨린 열쇠는
이미 내게 여러 개 있었고
방 안에서 은빛 자물쇠로 몸이 묶인 여자들을 생각하면
이불 속에 당신을 혼자 두고
신을 신고 싶었다

과학탐구

손가락을 뉘어 다시 읽는다

자, 그러니까
희미해진 긴장은
물체의 어떤 성질 탓인가

낮의 길이가 달라지자
죽은 사람처럼 펴지는 문장들

오랜 연인에 대해선 더 알아야 할 것이 없다
는 그의 검은 입술은
법칙대로
바싹 말라 흰 나무토막 같다

어떻게든 처음과
그 후는
긁다가
멈췄는데 잔여물은
갈 길은

달라지기도 완전히 흥미를 잃기도 했는데

소지품도 그도
종국엔 비슷하게 불투명하게
굴러가다
어딘가에 툭

달력의 동그라미
접은 귀퉁이를 만지는 검지
녹이 슨 아이의 낙서
뿌리가 썩은 식물
당신 옆을 스치고 간 사람

과학책을 읽던 아이가
처음으로 몸을 움직인다

플레어스커트

애인은 쪽지를 남기고 갔다
입학 축하해
방충망을 흔들며 직선으로 들어온 빛이 곡선을 터득하고 있다

삼월
유독 솟아오른 계단 앞에선 몸을 크게 접는다
따라 해본다
키가 작은 애인은 힘이 더 들 것이다

*

불면증에 익숙해지지 않는 이유를 찾고 있다
시작하는 모든 겨울의 뺨에 아프지 않게 면죄부를 써주고 싶다

조여 매는 회색 머플러
무너지는 광장
반대편엔

공중에 띄워진 거짓말
혀로 핥으면 달콤한 설탕이 묻겠지
깊이 잠들 수 있겠지

*

신발을 신고 밖으로 나오면
떠오른다 부웅
꿈속 푸른 바다

아시다시피 바다에는 띄어쓰기가 없고
기울어진 운동장에서 하이힐 뒤축을 구기는 여자도 없다

*

방
고양이와 나누는 대화
압정
바이섹슈얼 친구가 쓴 편지가 걸려 있다

나의 친애하는 이웃에게,

더 이상 친구들이 죽지 않았으면 좋겠어요

플레어스커트를 주문했다

애인에게 내일의 미련을 선물하고 싶다

*

바다 위

나와 고양이와 애인

천천히

녹는다

하얀 이가

썩는다

*

후회하지 않는다 돌아올 것이다

마미손

내가 개수대에서 털 난 수세미가 되었을 때 어머니는 말했다 놔두어라

내가 고무장갑 속에 들어가려고 머리를 질끈 묶자 어머니는 뛰어오신다

어머니 왜 오셨어요

네가 거길 왜 들어가니

이제 밖으로 나오세요 그 안은

답답할 텐데요 물 새는 천장에서 혼자

아니다 여긴 원룸이 아니고 파이브 룸이야 길고 끝도 없어 네 방 내 방을 가져도 남는다 여기선

씻은 국자와 젖은 걸레는 뚝뚝 물을 떨어뜨리며 긴 머리의 여학생처럼 건조대에 걸려 있다

너는 왜 내 할 일을 뺏는 거냐

나는 설거지를 마치고 뒤를 돌아본다 어머니도 뒤를 돌아본다

저랑 밖으로 나가요

아니다

어머니는 내 앞에서 조금 빨갛고 금방 마른다 내가 선물했던 꽃들은 바싹 마른 채 긴 머리의 여학생처럼 벽에 매달려 있다

다섯 개의 방에서 다섯 개의 몸으로 매일 조금씩 늘어나는 어머니 앞에서 나는 고무장갑이 왜 빨간색인지에 대해 생각한다

그만 좀 내려오시라니까요 그런데

어머니

그 많던 고무장갑은 다 어디로 갔나요

아비뇽의 다리 위에서

날개를 먹어버린 새들의 이야기를 들었다
새를 따라 움직인 것이 인간의 춤이라는 것이다

발레를 배웠다던 애인이 내게 손을 내민다 나는 그 손을 잡는다 애인은 우리가 처음 춤을 춘다고 했다 나도 애인과 추는 춤은 처음이라고 했다 나는 이 손을 잡고 있다

애인의 가슴이 내 가슴에 닿는다 나는 턱을 붙이며 끌어당긴다 이렇게 가까이 있으니 슬프다고 했는데 애인은 반듯한 원을 그리며 스텝을 밟는다 그래도 슬프다 했다

나는 그 손을 놓친다 애인은 끊어진 손으로도 미소를 짓는다 하얗게 보였는데 자꾸 하얘지다 보면

저러다 사라지는 게 아닐까 걱정도 되었다 나 모르게 예쁜 사람이 되어 혼자와 춤을 연습한 것이 틀림없다 내 손에 남은 드레스 슬리브를 날개처럼 흔들었다 애인이 저리도 하얬나 투명했나, 나를 다 출 때까지 생각한다

나는 우리가 처음 춤을 춘다고 했고 애인도 나와 추는 춤은 처음이라고 했다 아무도 보지 못한 구름다리에서 내가 속으로 했던 나쁜 말을 애인이 기억할까 봐 발을 빨리 굴렀다

지칠 때가 되었는데 계속 춤을 춘다 내게서 태어난 나쁜 말들은 날개 안에 숨기고 하얀 새 이야기를 쓰자 새가 태어나고 날고 마지막엔 땅에 내려와 인간에게 투명한 춤을 가르치는 이야기

날개와 새를 따로 적는다 흰과 춤을 붙여 쓴다 애인이 옆으로 온다 이야기가 아직도 슬퍼?

미래를 도모하는 방식 가운데

어깨
빈 의자
빈틈없이
빗방울 무늬
축축하고 괴괴하고 느린

살핀다 찾는다
눈치 이유 가능성
버려진잠깐누가내놓은흠뻑젖은꿉꿉한
누가앉아있다갔다울었다방금웅덩이를밟았다

우산을 잡은 손에 걸린
의자의 클리셰
왜 나를 버렸어요

부서지고끊어지는우산살
사용가능과사용불가능
탯줄끊어준사람이결정하는성별

스쳐 지나가는 우산들
실루엣마다 고이는 비
실수로 바지에 기름 물이 튀고
뜨거운 혀가 자신을 씹는다

우산은
빈 의자가
떨어진 고리는

그냥 지나간다

○ 김엄지, 『미래를 도모하는 방식 가운데』, 문학과지성사, 2015.

정확한 자리

우리 집에는 그림이 많다

코가 시리고
망치를 잡고
그림 위 못질
뒤로는
새소리

못대가리에 눈을 맞추고 망치를 때리고
탕
탕 탕
애인은 나에게 반대로 해보라고 하고

내 납작한 손톱까지 못이 굽어 휘고
뒤에서
그가 다시 반대로,라고 말하고

둥지 아래
마당의 새

떨어졌다 파르르 떨고
너무 작아서 나는 그것이 낙엽 같고
낙엽은 천천히 짓이기고 싶고

벽
몸을 떼고
창문 너머 마당이 보인다
새의 체온을 생각한다
못을 쥔 집게손가락은 둥지를 이루는 나뭇가지 같고

곁에 선 애인
모든 것의 제자리

날아가는 남아 있는 새
떨어지는 떨고 있는 새

나는 그림을 걸고
새는 파르르르

제발,

죽어,

탕탕

시간
—사랑

그들은 함께 살기 위해 한 가지 약속을 했다고 한다
그것은 그들의 집에 빛을 많이 모으는 것이다

지금 여긴 오랫동안 빛이 들지 않는다

*

부지런한 사람은 세상을 돌아다니며 빛을 긁어모은다 쌓인 빛기둥과 빛이 흘러넘치는 방 넘쳐흐르는 것을 어쩌지 못해 쓰레기처럼 그냥 두었지
성실한 사람은 깊게 땅을 판다 굴속에 들어가 여러 밤을 새우며 상대를 기다렸지 깊은 음지를 파고들어가는 방법으로 자신에게서 떼어낸 빛을 모으고 모았어
그가 빛을 자르고 기우고 꿰매는 동안 다른 이는 그를 기다리며 어둠을 먹었다 먹고 마신 어둠은 그의 뼈가 되고 살이 되었어 그리고 이제 그는 완전히 어둠이 된 것 같아
부지런한 사람은 너무 눈이 부셨고 성실한 사람은 너무 컴컴했어 둘은 결국 눈이 멀었는데 마침내

서로를 만났다고 믿었단다

믿었다고?
내가 말하자
신이 이번에도 늦은 거지, 하고 애인은 이야기를 끝낸다

불이 꺼지고 애인은 잠을 잔다
나는 이야기를 끝내지 못하고 기둥처럼 벽에 붙어 선다

애인은 내가 깰 때마다 땀을 닦아주며 신이 오고 있다
고 말했다
오고 있어
오고 있어

나는 가끔 몽정도 하고 묻기도 했다
둘이 만났어?

검은

벽과 바닥 위로 수평선이 그어지고 있었다
너무 성실해서
신도 오지 않고 만나지도 못한 거야
나는 베개에 볼을 묻고 수평선을 더듬으며

내가
그들이라면
나는

*

미워할 수 없을 때까지 생각하다 보면
동화를 쓰고 싶어,
애인은 내가 이런 말을 했다고 한다

In 2018, 23

내일의 미미

사랑이 많은 주인은 어젯밤 미미를 버렸다

미미는 짖었고 주인은 짖는 미미를 창밖으로 던졌다 그 일로 미미는 다리를 절고 주인 없이 혼자 살아간다 주인에게 하고 싶은 말이 있지만 하지 않는다

미미는 요리를 해 밥을 먹는다 속까지 따뜻해지는 계란말이와 호박볶음 양배추볶음을 즐겨 먹는다 눈이 다 녹으면 사람들은 책을 버렸는데 미미는 그 책들을 주워 읽었다 눈을 멈추고 눈을 감고 자신이 버려진 이유를 생각하곤 했다

주인은 미미와 닮은 미미와 산책한다 미미와 호텔에도 간다 미미를 꼭 껴안고 내려놓을 생각을 안 한다 주인과 미미는 기쁘고 사랑한다

미미는 책에서 '죄와 벌' '해와 밤' '죽음'이라는 말을 배웠다 소리 내서 읽고 오래도록 머물렀다 쾅 쾅 집 밖에서 누군가 문을 두드린다 주인을 닮은 주인들이 창에 눈

을 붙이고 안을 살핀다 미미는 오늘 내다 버릴 쓰레기를 내일로 미룬다

어느 날 미미는 혼자 밤 산책을 나섰다 미미를 닮은 미미가 다리를 절며 미미를 지나친다 저기서 주인이 걸어온다 팔에는 미미의 미미의 미미의 미미의 미미의 미미의 미미를 닮은 미미가 꼭 안겨 있다 짖으며 주인을 핥는다

미미는 죄와 벌에 대해 생각하다가 자신이 지은 죄가 뭘까 생각했다 미미는 죄와 벌이 자꾸 헷갈린다

그날

방문을 조금 열고
나는 그를 엿본다 한 공간에 있는

손끝에 물방울을 달고 다가간다
축축한 손으로 흙을 두드리고
털썩

돼지고기 한 근이 담긴 비닐봉지를 식탁 위에 올려놓았을 때
그는 달력에 적는다
"12월 8일 물 줌"
자신보다 큰 화분을
안쪽으로 들여놓는다

그는 자신의 피가 무슨 색인지 모른다
그는 생각한다
한 달에 한 번 피를 흘리면서도
죽지 않는구나
모르는구나

죽지 않는구나

놀란 척
검노랑 잎사귀를 떼어낸다

반 바퀴, 여섯 시간
화분을 돌리고
닦는다
흙에 떨어진 초록 피

그사이
혀가 축 처진 채로 오는 겨울과
담장을 넘는 가시넝쿨
정오의 식사
손에 들린 물뿌리개

나는 주전자를 올린다
보리차를 끓인다
그는 집 안을 돌고

파랗고 빨간 불꽃은 생각하는 것이다
이 집에는 많은 것들이 자라고 있어 그와

초록 피가 방을 가로지른다
다가간다 닦는다
달력에 적는다
함께 적는다

나는 방문을 닫고 생각한다 한 공간에 있는

시네라리아

0

그곳엔 아직도 눈이 오는가

이곳엔 여전히 황금 종을 매단 트리가 필요하다

1

밤새 이야기로 지친 아이들

흰 눈 속에서 잠을 잔다

일어난 아이 하나가 꿈속에서 엉엉 울었다고 고백한다

이 나라엔 눈이 많다

2

나팔 소리

신은 눈 속에 숨어 있는 아이들을 줍는다

모든 아이가 다 보이지는 않는다

3

우리에게 가르칠 것이 많으므로
오늘 신의 하루는
낳아진 아이들에게 살고 싶은 집을 물어보는 것
각자가 쓸 책상과 의자를 스스로 만들도록 하는 것
그리고 내일 우리는
신이 한번 되어보는 것

4

흰 숲 아래엔 무언가 있을 것 같다
버려진 아이들이 낳아지지 못한 아이들을 세며 마른 꽃송이를 딴다
살살 비비고 호호 불면
손에 남는 것

5

나는 나무뿌리처럼 여러 사람을 사랑할 거예요

부드러운 팔
씨앗 같은 눈
숲은 반그늘에 걸터앉아 싹이 나길 기다린다
신은 겨울에 대해 별말이 없었다

6
어린이날
그리고
전쟁나팔
신도 그것이 궁금하다
우리가 자작나무처럼
긴 잠을 자다가
깨어났을 때

7
이야기의 끝이 다 보이지는 않는다
스스

숲속

말라비틀어진 잎사귀도 꿈을 꾸는가

침대에서 골짜기까지

아이들의 태몽이 폭발한다

8

지나치게 길어지는 겨울

반백의 머리를 쳐들고 노병들이 들판에서 꽃을 딴다

9

그곳엔 아직도 눈이 오는가

10

눈으로 만든 사람

채미희

눈으로 만든 여자가 극장으로 들어간다
착석
손목이 아파올 때까지 컵을 들고 있다

*

운전석에서 사람이 내려
차를 뒤에서 민다

겨울 바다 앞에선 소리 지르지 않았다
파 직
딱딱한 바다는 바다답지 못하다고 생각하는 거지?
라고 말하는 인물
파 직

오래된 친구를 만나러 간다
(전화번호를 찾아 문자를 보내며 친구야,라고 부르는 일을 고민하는 캐릭터)
헤어진 친구들아, 지금 와서 우리가 무얼 할 수 있겠니

저 자식은 왜 내 이름을 또박또박 성까지 부르지?
인물이 말하고

퀭하면서도 맑은 느낌의 눈동자는 유리알 같다
건조를 모르거나
물기가 없는 인물의 눈

반 아이들이 모두 창밖으로 얼굴을 뻗는다
누가 떨어졌데
치마 주머니에 몸을 넣고 가만히 교실 의자에 앉아
추락을 들을 수 있는 인물의 귀

낮과 밤 사이에 있는 요금소
앞주머니
클로즈업
인물들은 이런 대화를 나눈다

정신이 집을 나가면

당신 집에서 잘 수 있나요?

퍼즐 맞추기의 고착화
를 미지수나 변수가 아닌 다른 개념으로 열 줄 이상 설명하시오 (단, 임의 창조 금지— 예컨대 예술)
이런 문제를 만난 것 같은 느낌

*

엔딩 크레딧
여자는 컵처럼 바닥이 보인다

BGM이 없어서 배우들은 대사와 노래를 같이 해야 했다고 고백한다
감독님 너무 빡세요,
여자는 웃는다

징그럽군,
반쯤 녹은 여자
뒤에는

창백한 얼굴의 관객을 보고
웃는 관객
웃는 관객을 보고
우는 관객
잠을 자는 관객은 눈사람처럼 조용하다

현대 예술은 혹시 불임이 아닐까

거리마다
영화의 기대
관객의 증발

영화의 끝이 전혀 기억나지 않는다

눈으로 만든 여자가 극장으로 들어간다
아마도 21세기일 것이다

○ "현대 예술은 혹시 불임이 아닐까"는 사이먼 레이놀즈의 말이다. 여기서는 不(아닐 불), 稔(여물 임)으로 사용했다.
○ 이완민, 「누에치던 방Jamsil」, 2016.

뷴갈이

당신이 나를 만지지 않을 때 나는 당신의 손이 궁금하다
분명
싸워야 하는데 싸우지 않을 때
나는 다른 장소에서 당신을 똑같이 따라 한다

튤립을 기다리고 있다
벌이 오기 전에
당신이 늦을 때마다
여기서 외우고 있어, 했던 이름 하나 제목 하나

사라지라고 말하진 않았지만
다행히
네가 말하지 않아도 이것 봐
나는 찰나야*

하지만 서둘러야 한다
당신은 튤립으로 울타리를 세우고
뭔가 아주 크게 잘못된 것 같고

물은 내일부터 줄 수 있대
메모를 남긴 뒤
살인은 연애처럼 연애는 살인처럼

나를 만지지 않는 튤립
너무 늦는 벌
당신은 어디까지 왔나
멀리서

숲을 만들고 있나
내게 벌을 주나
뿌리 밑은 넉넉히 꼼꼼히 흙을 메꿔주세요

---

* 한가람 극본, 〈한여름의 추억〉, JTBC, 2017.

네 이름

넌 내 이야기를 모두 믿어야 해

항문으로 가득 찬 내 얼굴 앞에서
너는
「이제 행복해지고 싶어」

새로운 약속을 하자
그것은 가능하다

나는 감염자야
나는 찰칵찰칵 성별이 바뀌어

항문으로 가득 찬 얼굴
나와 키스를 하자
구멍들이 음란하다면
다시 시작하자

넌 내 이야기를 모두 믿니

나랑 있을 때
형이라고 부를까요 언니라고 부를까요
뭐라고 불러드릴까요

이리 가까이 와
뭐라고 불러도 틀리니까

다시
다시 만들면 돼

걱정 말고 다녀와

나는 여기 있어

○ 여성주의 인터넷 저널 〈일다〉(ildaro.com).

누드 크로키

사물처럼
앉아 있다
너는 조금 늦을 것이다
나는 앉은 채로 조금 빠를 것이다
앉아 있기 때문에

의자에서 티브이까지의 거리
티브이에서는
감옥에 간 여자들이 대화한다
밥을 잘 먹고
운동을 해

엄마처럼

사물처럼
앉아 있을 뿐
그 누구도 엄마로 태어나지 않고
나도 사물로 태어나지 않고
아이 낳은 것을 잊어버리고

의자를 잊어버리고
눈만
껌뻑 앉아 있기 때문에
막 문을 열고 들어온 사람에게 인사할 뻔

방에는 한가득
어른이 되어 만난 사람들
알지도 못하는 사람과 이별하고
나는 너를 낳은 걸 후회함

엄마처럼

너는 미안하다는 말만 똑같이 세번째
방에 들어온 빛
정지하지 않을래?
의자에 함께 앉아
같이 위험해질까?

나는 사물처럼

이 방에선 눈에 잘 띄지 않는다
앉아 있다
뫼랭처럼

한 아이가 엄마를 위해
사물에 입을 그려주었다

나의 시작이었다

○ 빅토린 뫼랑. 현재까지 전해지는 뫼랑의 작품은 「종려주일」이 유일하다. 네이버 지식백과, 빅토린 뫼랑(Victorine Meurent, 1844~1927).

유리병

바닥을 두리번거리며 지갑을 찾는 사람
외투 주머니에 손을 넣어 지갑을 확인하는 사람

쌓는 세계의 원주민
부수는 세계의 원주민

여기까지,라고 생각되는 사람과 헤어지고
집에 와서 장조림을 끓인다 조금만 상처가 생겨도
음식에 쓸 수 없는 메추리알

죄를 짓는 사람과
죄를 모르는 사람과
죄를 상상하는 사람은
어쩜 그리도 닮았을까

정오의 탁자
빛이 보여주는 물의 뼈
물은 볼 수 없는 빛의 표정

아마존식 종이접기

당신이 죽은 지 오래되었다
그래서 당신을 만들어내자, 생각한다
꽃을 선물해야 하므로 꽃을 들 당신이 있어야 하므로
만들어내자
원시 부족의 인디언처럼
하루 네 시간 노동하고
그들처럼 애쓰지 않고
밤에는 잠을 잘 자고
낮에는 인디언이 잡은 가위 같은 세계
나는 꽃과 당신을 준비하고 당신이랑 꽃 중에 뭐가 더 먼저일까 생각하며 밤낮이 바뀌기도 하고 밥을 잘 안 먹고 멸망 직전의 그들처럼 조금씩 말라가고 외롭고 말한다
당신이 오래되어버렸다

*

당신을 접고 있다 아래에 쌓인 꽃을 모은다 기쁘지 않은지 당신은 꽃을 받지 않고 이번엔 꽃을 기쁘게 해볼까?

가위를 든다
꽃을 선물해야 하므로 꽃을 들 당신이 있어야 하므로
꽃이 당신, 할 때까지 꽃을 오리자
그러면 만들어지지
나는 짤깍 짤깍 가위 입을 닫는다

*

마지막 인디언의 벌어진 입술
기다려
당신은 거의 다 만들었다

비
—사월

2018년 4월 5일 목요일

누가
네 소설엔 사건이 없어,라고 해서
그 말을 내 세계이자 배경에게 전해주었다 걔는 퇴근해서 양말도 안 벗고 식탁에서 호박고구마를 먹고 있었다 물도 없이 야금야금
야, 어떻게 된 거야
음, 그날 네가 먼저 가서 이렇게 된 거 아니냐
기억해? 그날 기억하냐고
당연히 기억하지
네가 했던 말

이런 세계라면, 이제 그만 무너져도 되지 않을까,
세계 씨

너 데려다주고 나 혼자 집에 가다 그제야 발견했지
네가 던진 돌
누가 던져?

네가

그래서?

그래서? 네가 던진 돌에 구멍이 뚫렸잖냐 그래서 계속 물이 새지 않겠냐

아

뭐가 아,야

야

뭐

근데 그게 보였냐?

아무도 안 보는 그게

그리고 진짜

본 게 맞냐

*

야, 됐다 됐어 됐다고

새끼야 지금 우리가 소설이다 사건이다 있냐 없냐 진짜다 아니다 내가 한 게 맞냐 아니냐, 이런 말 이런 거 누가 읽냐 비가 이렇게 오는데

지붕 있는 집이라면 누구라도 다 읽지 않을까 물이 새고 번개가 치니까 무서워서 뭐라도 읽고 있어야 하지 않겠냐 세계가 다 이렇게 쩌억 벌어졌는데 왜 사이렌 들으면 그렇게들 지진 대피 훈련은 잘하지 않았냐 우리 까르르르 엄청 웃고 떠들다가도 사이렌 들으면 또 까르르 까르르르 책상 아래로 숨어 지붕을 만들지 않았냐

아, 너는 무슨 말을 사건처럼 하냐 그러니까 누구한테 그런 말이나 듣고 다니는 거 아니냐

아

뭐?

아,

세계 씨다

*

까르르

(지붕, 구멍, 돌, 나 혼자 발견, 기억, 호박고구마, 퇴근, 배경, 사건, 소설, 소설…… 소설…… 소설…… 누가…… 없다…… 다 도망……)

까르르르

문학이냐 지식이냐

1. April 5, 2018 in The Fillmore Philadelphia

누가

네 소설엔 사건이 없어,라고 해서

그 말을 내 세계이자 배경에게 전해주었다 걔는 퇴근해서 양말도 안 벗고 식탁에서 호박고구마를 먹고 있었다 물도 없이 야금야금

야, 어떻게 된 거야

음, 그날 네가 먼저 가서 이렇게 된 거 아니냐

기억해? 그날 기억하냐고

당연히 기억하지

네가 했던 말

이런 세계라면, 이제 그만 무너져도 되지 않을까,
세계 씨

너 데려다주고 나 혼자 집에 가다 그제야 발견했지

네가 던진 돌

누가 던져?

네가

그래서?

그래서? 네가 던진 돌에 구멍이 뚫렸잖냐 그래서 계속 물이 새지 않겠냐

아

뭐가 아,야

야

뭐

근데 그게 보였냐?

아무도 안 보는 그게

그리고 진짜

본 게 맞냐

*

야, 됐다 됐어 됐다고

새끼야 지금 우리가 소설이다 사건이다 있냐 없냐 진짜다 아니다 내가 한 게 맞냐 아니냐, 이런 말 이런 거 누가 읽냐 비가 이렇게 오는데

지붕 있는 집이라면 누구라도 다 읽지 않을까 물이 새고 번개가 치니까 무서워서 뭐라도 읽고 있어야 하지 않겠냐 세계가 다 이렇게 쩌억 벌어졌는데 왜 사이렌 들으면 그렇게들 지진 대피 훈련은 잘하지 않았냐 우리 까르르르 엄청 웃고 떠들다가도 사이렌 들으면 또 까르르 까르르르 책상 아래로 숨어 지붕을 만들지 않았냐

아, 너는 무슨 말을 사건처럼 하냐 그러니까 누구한테 그런 말이나 듣고 다니는 거 아니냐

아

뭐?

아,

세계 씨다

*

까르르

(지붕, 구멍, 돌, 나 혼자 발견, 기억, 호박고구마, 퇴근, 배경, 사건, 소설, 소설…… 소설…… 소설…… 누가…… 없다…… 다 도망……)

까르르르

2. Is October a true story?, in the Room

10:03 p.m.

"연구자의 조건은 연구자가 의식하든 안 하든 연구에 영향을 미친다.

연구 대상의 이야기에서 자신이 어떤 부분에 반응하는지 모르면 연구의 '객관성'은 확보되기 힘들다.

연구자가 자기 자신을 알 때 연구자는 연구 대상과 맺는 관계가 투사인지, 계몽인지, 의식화인지, 혹은 전이인지 유도 질문인지 구별할 수 있다."*

09:13 p.m.

---

* 정희진, 『저는 오늘 꽃을 받았어요: 가정 폭력과 여성 인권』. 이승주, 「집단적 성구매를 통해 구축되는 남성성과 남성들 간의 관계 맺기」, pp. 12~13에서 재인용.

두부와 올리브

깜짝 선물 초상화

인성 쓰레기 애인

"Oh, how I hate to see October go"

3. One day in November, 2019

「문학이냐 지식이냐」
사진 찍어 히스토리 업로드 그리고 클라우드 비활성화 함부로 삭제할지 검토하지 마

마치 Pax Americana
마치 한국 문학의 지배에 의한 나의 비명 혹은 나의 기쁨 나의 질문 나의 도망 나의 혐오

나이 든 남성 정교수가 쓰고 나간 문장의 앞뒤를 지우개로 지우고 남은 것

채미희 어느 날을 기억하며 시끄럽게 한다! 시끄럽게 할 거야! 했지만 사실 그럴 힘조차 내기 쉽지 않았다 가라앉는 섬 그 섬의 부둣가에서 채미희 혼자 말한다 키틀러는 30년 전에 이것을 생각하고 말하고 그것을 썼다 그런데 나는?

곧 00년생이 온다

내 아보카도 친구들은 말했지 왜 이렇게 진지해? 넌? 뭔가 좀 다른 것 같아? 네 말대로 다 형편없고 심지어 그것이 유해하다면 (그 유해함을 설득하든 안 하든 다 모르겠고) 그냥 돈이라도 되는 게 낫지 않아?

Are you Avocado generation?

Let's stop let's stop being serious. Tschüs!

○ 프리드리히 키틀러, 『축음기, 영화, 타자기』, 유현주 · 김남시 옮김, 문학과지성사, 2019.

강릉

영화에는 원래 소리가 없었다
인물은 걷는다
인물은 반드시 넘어진다

비슷하고 낡은 꿈,
늘어선 장례, 행렬 속,

카메라는 따라간다

검은 사람들, 긴 한 줄, 검은 선,
곡성, 머리를 박고 풀을 뜯는 들판의,
행여소리, 양 떼, 하얀 섬,

인물은 일어선다 다시 걷는다

초록 자전거, 두 사람, 까르르 웃음소리,
돈다, 바퀴, 그림자, 빠르게, 돈다,

인물은 넘어진다 반드시

카메라는 따라간다

집을 나와, 겨울 바다, 포효하는 사람,
부서지는 파도, 젖은 신발, 소금기,
바닷바람, 젖은 치마,

인물은 일어선다 다시 걷는다

철로 위, 전차의 진행 방향, 사람,

카메라는 따라간다

떼를, 일렁이는 빛, 놓친 빛, 사람을, 잃어버린 빛,

인물은 넘어진다 찾는다 멈춘다
그 자리에서

모르겠어, 정말 모르겠어요, 도대체 어떤 마음이
그럴 수 있는지,

다시 걷는다

카메라는 따라간다

○ 고레에다 히로카즈, 「환상의 빛Maborosi」, 1995.

채미희

눈으로 만든 여자가 예술 학교에 들어간다
착석
목에 힘을 잔뜩 주고 사람들의 말을 듣고 있다

*

네가 쓴 소설
?
소설이 될 수 있다고 생각해?
대답을 좀 해야지
?
소설 속 화자처럼 말없이
뚝 뚝 녹고 있는 여자

책을 많이 읽는 사람과는 대화가 어렵다
한 계절 정도,
가능한 한 잠깐
도망치거나 이탈하는 눈사람들

순수예술반 친구도 선생님에게 혼이 났다
뭐 이따위 문장을 써서
성경을 늘 소파 위에 올려둔다…… 나는 신의 형상이니 밥을 먹지 않아도 괜찮지 않을까……

결석 네 번에 대한 유고 결석원
자기처럼 다시 자랄 줄 알고 바비 인형 머리카락을 잘랐다가
지금까지 울고 있는 화자
(출석 인정 및 증빙서류: 바비의 머리카락)

고전 강독 시간
여자는 밤에 혼자 호수에 가면 안 돼요?
화자가 사는 마을
딸에게 전해지는 유일한 동화
아버지가 아들에게만 전하는 동화
속닥 속닥

현대미술론

평생 남성 대가의 여성 누드를 보고 자란 학생들은
평생 마스터피스를 기억하고
평생 그것이 되기 위해
여성을 강간하는 남성을 오랫동안 생생하게 그린다
고전적 강의실 분위기
수고했네, 박수

고통이 없으면 삶이 재미가 없지,
자기 목을 자주 누른다고 말하는 학생
(그리고 다음 사람)
교육학에의 초대
아동 교육의 1단원은 고통

이런 이야기는 재미없지만 또
이런 이야기를 하려고 온
학교

*

눈으로 만든 여자
바비 친구
녹다가 얼다가
냉동실 냄새가 밴 아이스크림처럼
학교를 나온다 미끄러진다

눈으로 만든 여자가 책상 앞에 앉는다
퇴고 과제

위쪽을 걷어내고 아래쪽을 먹어보기
아마도 21세기일 것이다

○ 손희정 외 12인, 『그런 남자는 없다』, 연세대학교 젠더연구소 엮음, 오월의봄, 2017.

공기와 꿈

오월에 태어난 아이가
죽은 나무를 향해 뛰어가
죽은 나무를 흔들고
죽은 나무 위에 올라타
말처럼 말처럼
시야 밖으로 사라진다

나는 캔버스 위에 오월을 그리고 있다
왜 눈 코 입은 안 그려?
안 그린 게 아니라 내가 모르는 건데
사람들은 몰라도 그려
모르는데 어떻게 그리나

시야 밖으로 사라졌던
오월에 태어난 아이가 돌아왔다
나는 말하거나 말하지 않았다
당신은 너무 오래 밖에 있었다고
오월을 마저 그리겠다고
뭘 보고 왔냐고

아이가 죽은 나무 밑동 옆에 앉아 나를 바라본다

아이가 또 밖으로 나가는 일과
오월의 눈 코 입은
미뤄 두었다
아이가 나를 바라본다

글을 읽어드립니다
—뇌우

사람의 읽기

애인의 문맹을 상상한다
이 나라에선 쓰는 자와 읽는 자는 사랑에 빠질 수 없나이다
(이제) 읽지 않네
하루에도 몇 번씩 얼굴을 바꾸는 이 망할 계절 탓에 애인은 계단을 꼭 두 개씩 밟고 오르고 나한테 좀 맞춰서 걸어달라니까요? 나는 성질부린다
저기 선생님, 저희 사진 한 장만 찍어주고 가세요
라는 말을 계단 아래에서 많이 들었다 내 이쁜 엄지는 찰칵
(이제) 보이지 않네
애인은, 사실 내가 그 우산 든 천사였어 옥상에서 망설이는 사람을 뒤에서 미는 것은 천사의 우산 끝이라며 먼저 물에 잠기네

사람의 쓰기

하지만 나는 이 글을 팔아야 하나이다 애인의 발에 생채기가 많고 눈에 충혈이 가득하나이다

책을 망가뜨리는 망할 날씨를 너무 빠른 속도로 도는 저 회전문을 정글짐 꼭대기에 적힌 이름들을 지워주소서

(이제) 쓰지 않네

내가 쓰지 않아도 애인은 내게 오고 싶을까 우산 끝으로 누군가를 톡 하고 구원하고 올까

웅덩이에 발을 빠뜨리는 사람은 하고 싶은 말을 하지 못하는 사람

애인의 문맹을 상상한다

이 나라에선 쓰는 자와 읽는 자는 사랑에 빠질 수 없나이다

가능한 주말

아직 내리지 않은 사람들 그들에게 냉장고 문을 열어 준다 녹인 템페라를 벌어진 캔버스에 바른다 어제 찢은 틀 안쪽이 희다 알약 가운데 그어진 선을 생각하며 달걀을 깔끔하게 부순다 꽃송이 같은 머리를 젊어진 사람들은 알약 가운데 그어진 선을 잘 안다 나뭇가지를 부러뜨리는 일이 분갈이 과정 중 하나라는 것은 몰라도

냉장고에서 손톱을 자르고 나는 오래된 우유와 벌꿀을 꺼내 흰자위와 아교를 넣어 이리저리 젓는다 이름을 모르고도 사람과 사람은 할 수 있는 일이 많았는데 옷은 뭐부터 벗어서 어디에 두면 되니 여관을 나오면 어디로 가야 하니 이제는 어떤 예술가도 사용하지 않는데? 주말에는 K가 모는 버스가 이 앞까지 온다 사람과 사람은 주말을 좋아하고

아직 내리지 않은 사람들 템페라를 바르며 짝짓기를 한다 밖에 눈이 온다고 한다 우산을 챙기라고 한다 나는 냉장고 안에서 한 손으로 틀을 잡고 이젤처럼 턱을 괸 채 내리라는 말을 삼킨다 K는 목적지를 잊고 핸들을 놓고 K의

바퀴는 춤을 춘다 버스 기사 귀에만 들리는 노랫소리 딱
딱해지는 템페라 남김없이 완성되어가는 짝 사람과 사람
의 가능한 주말

불한당

대화 좀 하자
얼마나 힘들었어?
어제 내가 아는 책이 불타는 걸 봤어
기분이 어땠어?
벌레를 만나면 또 죽일 거야?
책을 태워보자고?

도시의 악당들이 거리를 메우기 시작했다
이번 방학은 조금 달랐다
집에만 있을 수는 없으니까
채미희는 악당 편에 섰고 나는 벌레 편에 섰다
우리는 다른 방학 숙제를 했다
숙제만 할 수는 없으니까
짝이 있어야 하는 놀이가
그리웠다 당장은 전쟁밖에 없었는데
채미희는 그걸 아주 잘했다
나는 조금 못했는데
넘어뜨리기 위해 책을 몸 곳곳에 묶었다
땀과 분비물로 인해 책은 금방 낡았고

채미희는 숙제를 벌써 다 끝내
나를 놀라게 했다
방학이 끝났을 때
도시는 조금 달라져 있었다
악당들을 찾아가
채미희가 좋아하던 표정을 지으며 기다렸다
배에서 책 한 권을 꺼내 읽으며
잠자리가 되는 꿈을 꾸었고
채미희와 나눠 쓰던 소설이 생각났다
다른 결말이 가능했는지
생각하다 배가 너무 고파서 이만
집에 가는 길이 행복했다
샤워 커튼에 붙은 벌레를 손으로 잡고
정확했다는 것
기쁜 마음으로 몸을 비벼 닦았다
벗어놓은 책은 꼭 벌레처럼 배를 뒤집고 있어
모조리 태우고 싶었다

구의 중심

이런 적은 없었는데 또 이런 적도 있었다

채미희는 남자도 만나봤고 여자도 만나봤다 지금은 남자를 만나고 싶다 남자를 만나고 싶은데 인간이 아닐 것 같고 인간이 아닐까 봐 두렵고 인간이면서 남자였으면 좋겠어 채미희는 둥그런 테이블 위에 둥그런 물기를 남기며 맥주잔을 연거푸 입으로 가져갔다 그런 채미희를 보며 나는 조금 명치가 아프고 경미한 두통을 느끼며 땅콩을 집었다 껍질을 깨끗이 부수고 채미희가 만들어낸 동그라미 가운데에 땅콩을 놓아주었다 그것은 그 왜 있지 않냐 그거 우리가 늘 빼먹었던 거, 그래 꼭 컴퍼스 같았다 채미희는 소개팅을 부탁했고 나는 채미희가 필요한 것을 생각했다 생각한 뒤엔 에로스의 종말,이라는 말을 아냐고 물었다 내가 요새 읽고 있는 책인데 말이야 채미희는 정말로 종말다운 표정을 지으며 땅콩을 손가락으로 튕겨 내 이마에 명중시켰다 채미희는 웃었고 땅콩을 천천히 짓이기며 씹는 것에 집중하기 위해 인상을 쓰다가 천천히 삼키는 모양으로 울 듯했고 그러다가 다시 웃었다

나는 채미희가 너무 바짝 붙어 앉아 있다고 생각했다 조금 떨어질까 생각하던 중 채미희는 또 이야기를 시작

했다

한 번은 채미희가 0506번 버스로 퇴근하는 길에 버스 기사가 몇 차례 곡예하듯 차선을 넘어가며 운전했고 그때마다 사람들의 몸이 오른쪽으로 왼쪽으로 출렁거렸다 0506이 다음 정류장으로 다가가려고 속도를 줄이기 시작했을 때 채미희는 운전석 쪽으로 몸을 기울이며 똑바로 운전하라고 말했다 뭐요? 뭐라고? 뭐라고요? 똑, 똑바로 운전하라고 씹새끼야 아, 손님 뒤로 가 계세요 위험하니까 뒤로 가 계시라고요 채미희는 기사가 몹시 뻔뻔하다고 생각했고 한사코 못 들은 척하는 기사가 역겨워 얼굴을 찡그렸다 그러나 자기 자리로 돌아가려고 뒤로 돌았을 때 채미희는 기사보다도 자신을 역겨워하고 경계하며 쳐다보는 탑승객들의 얼굴을 보았고 때마침 열린 문을 통해 목적지도 아닌 정류장에 내렸다 한강과 안양천 사이 뚝방길이었다 주말에나 한강 변으로 내려가려는 소풍객이 더러 있을 뿐 평소엔 탑승객도 하차객도 드문 정류장이었다 귀찮은 짐짝을 털어내듯 버스가 통탕거리며 채미희를 두고 출발했다 채미희는 증오에 몸을 떨면서 버스가 간 방향으로 걷기 시작했고 미친 듯 혼자 떠들

었다 강바람이 채미희의 얼굴을 말렸다 그것이 가능했다

가능한 감정을 품고* 강을 건너온 채미희는 나와 술을 마셨고 집에 가기 위해 버스를 잡았다 나는 한마디도 하지 않고 적절한 차례에 하차벨을 누르고 정확히 내린다 함께 내려서 걷는 와중에 나는 채미희가 너무 바짝 붙어 있다고 생각했다

* 황정은, 「d」, 『디디의 우산』, 창비, 2019, pp. 46~47. 원문 중 일부를 변형하여 인용하였다.

이 거울을 돌리시면

말을 하지 않고 살수록 돈이 필요해
말을 생각하며 돈을 열심히 벌었다
하지 않은 말이 미치도록 좋았다
말을 하지 않는 돈은 다음으로 좋았다
말을 하지 않는 돈을 옷으로 바꿨다
좋아하는 마음에도 연습이 필요해
말을 하지 않아 가끔 어깨를 치고 가고
발을 밟고도 나오지 않는 말을 지켜보는 것
간주하겠습니다 거울을 돌리는 마음이 아니라 거울을 돌리는 손을
말을 생각하면 미치도록 돈이 좋았다

여름 방학

치과에 가기 전 마지막으로 맛있는 걸 먹을 거야

저 멀리 빨간 머리의 연인들이 나누는 키스도 챙겨 볼 거야

외국에선 느낌표나 물음표를 자주 써도 이상한 사람이 아니라고 그랬어

천둥이 우르르 쾅쾅 해서 허둥지둥하는 반려동물에겐 꼭 한국어로 쓴 시를 읽어줘야지

뒤에 숨어서 귀여워하지도 힘껏 안아주지도 않을 거야

휴대폰을 울리는 부고 소식처럼 반려동물의 장례식에 친구들을 초대하자

한 달에 한 번이 아니라 이젠 매일매일이 생리하는 것 같다는 친구네 화장실도 한 번 두드리고 갈 거야

보기 좋은 책이 읽기에도 좋은 거야 나는 여름의 빌라에 오래 앉아 분수대에서 뛰노는 아이들을 볼 거야

엄마 어디 갔어? 왜 혼자야? 묻지 않고 나를 잡아당기는 아이의 손을 따라 들어갈 거야 젖은 옷이 몸에 달라붙어도 괜찮을 거야

행복한 사전

미래는
같은 단어를 말하면
두 사람의 수명을
조금씩 깎는다

날카롭게
얇게
단어들을 사용했으나
미래에 의거하여 둘은 짧아졌다

날개 달린 벌레들은
원을 그리며 날았는데
털이 아름다운 짐승들은
파란 하늘 아래서
오직 몸으로
오직 몸으로 말했는데

둘은
하늘이 너무 파랗고 투명해도

눈에 살얼음이 낀 것처럼
입에 음식물이 가득 찬 것처럼
말을 할 수 없었다
구름의 그림자 안에서 거닐고 숨 쉬었다

미래는 사전적으로 멀었고
둘은 가까워졌다

몰래카메라

너의 안심을 위해 거리는 어디라도 말을 건다 대답을 하기 위해 너는 언제든 멈춰 설 수 있다 거리는

흡연이 금지된다 CCTV는 작동 중이다 관계자다 관계자외출입금지다 금연구역이다 무인감시카메라작동 중이다 너는 목적지로 가는 길을 알기 때문에 안심한다 CCTV가 흡연 중이다 관계자가 금지된다 금연이 출입한다 흡연이 CCTV를 보고 빙긋 웃는다 무인감시가 관계자와 친구 하고 싶어 한다 카메라작동이 라이터를 꺼낸다 카메라작동중이 깜빡거린다 무인작동이 관계자와 대화를 좀 하고 싶어 한다 관계자가 관계자외에 대해 조사한다 관계자흡연이 카메라를 피한다 너는 충혈된 눈을 깜빡거리는 카메라 아래에서 CCTV의 피로도를 계산한다 금지는 어제도 그제도 거리를 지나는 너를 보는 일이 불편하다 관계자가 CCTV를 뽑아버린다 작동중이 작동을 포기한다 카메라작동이 막 한 모금을 들이마신다 가운뎃손가락을 들어 올렸던 흡연을 기억하는 CCTV가 흡연금지를 위해 관계자를 찾아간다 관계자는 관계자외와 흡연 중이다 방해받는 것을 질색하는 관계자가 신경질적으로 문을 잠근다 카메라작동중이 깜빡거리지만 거리의

강한 햇살로 인해 존재감이 없다 흡연이 CCTV의 손에 잡혀 관계자에게 끌려 들어간다 관계자가 새 카메라를 들고 사다리에 오른다 비켜, 거리에 방해가 되는지 골목에 멈춰 선 네게 말한다

너의 안심을 위해 거리는 어디라도 말을 건다 대답을 하기 위해 너는 언제든 멈춰 설 수 있다 너는 거리의 공중화장실에 들른다 화장실은

○ '불편한 용기'는 2018년 5월부터 12월까지 지속적으로 서울 도심지에서 열린 불법촬영 편파수사 규탄시위의 주체이다. "동일범죄 동일처벌" 등의 구호가 있으며 페미위키femiwiki와 트위터(@hiddendutch)에서 더 많은 정보를 찾을 수 있다.

폭염

잔소리가 들린다

그러고 나갈 거니 가슴을 그렇게 열고?

무더워
다른 사람 말을 잘 못 듣고 인사를 제대로 못 했다

스트라이프를 입는 마음 아래 하얀 바지를 입는 마음 아래 발목을 감은 캔버스 운동화 끈
다만 계속 걸어 실눈을 뜨고 걸어

죽어 묻힌다면 내 예쁜 식물들이 사는 정원 아래 은색 반지 아래 은색 귀걸이 아래 은색 시곗줄

그러고 나가다가
새가 날아들었다
너도 덥지
모르는 사람들이 밟고 갔다
더 나쁜 쪽으로 가는 것 같았다

대열을 이룬 채 붉은 숨을 컥컥 내뱉으며
세수를 하려고
화장실을 기다리는 사람들
문을 잠그고
들어올 새를 기다리며 구멍을 뚫는다
누가 훔쳐봤나 봐, 여기
저기
볼일을 다 보고
단추를 채우고 채우다
꼭 하나를 띄우고 채우고 그런다

그러니까 왜 다른 사람들처럼 제때 횡단보도를 못 건너고 구멍만 만지고 또?

잔소리가 들린다

새의 가슴 아래 가슴

이성애

파인트

나는 내가 먹어본 맛을 말한다 너는 네가 먹어본 맛을 말한다 ∴ 우리는 같은 맛 아이스크림을 먹을 수 있다

네가 원하면 나는 내가 먹어본 적 없는 맛을 말하기도 한다 내가 원하면 너는 네가 먹어본 적 없는 맛을 말하기도 한다 ∴ 우리는 같은 맛 아이스크림을 먹을 수 있다

네가 원하더라도 나는 내가 먹어본 적 없는 맛을 말하지 못한다 내가 원하더라도 너는 네가 먹어본 적 없는 맛을 말하지 못한다 ∴ 우리는 같은 맛 아이스크림을 먹을 수 있다

나는 내가 먹기 싫은 맛을 말한다 너는 네가 먹기 싫은 맛을 말한다 ∴ 우리는 같은 맛 아이스크림을 먹을 수 있다

저기, 있잖아

내가 식탐이 많아 보여?

소설 매미

나는 소설의 마지막 페이지는 잘 접지 않는다 나는 마지막 페이지를 접는다 그 페이지의 마지막 문장을 소리내 읽고 싶다 ∵ 나에게 들려주고 싶은데 네가 옆에 있어 읽기를 뒤로 미루고 빈 노트에 베껴 쓴다

렌즈를 낀 안경과 렌즈를 뺀 안경 중에 어떤 것이 더 예쁜지 거울을 아무리 봐도 판단이 서질 않는다 ∵ 나는 너에게 여기를 한번 봐봐,라고 말하지 않고 렌즈를 뺀 뒤 렌즈를 함께 챙겨 외출한다

너는 집중해서 읽어야 하는 소설과 집중해서 읽지 않아도 되는 소설이 있다는 것을 발견하고 괴로워한다 ∵ 나는 늘 집중해서 네 소설을 읽는다 너는 네가 쓰고 있는 소설을 나에게 보여주지 않는다

베란다 방충망에 붙은 매미를 발견하고 세 가지 도구를 손에 든다 너는 바쁘므로 한 가지 도구만을 사용한 뒤 바로 나가봐야 한다 ∵ 너는 나에게 나머지 두 도구를 사용해보고 매미가 갔는지, 매미가 아직 안 갔는지 확인을

부탁하지 않고 문을 열고 나간다

저기, 나갔어?

안 나갔는데 왜 말을 안 해

채점표

채미희는 사무실에 도착하면
선임자의 컴퓨터 전원을 켠다

아침에 아버지에게서
넌 말라서 예쁘다는 말을
들었다 갈비뼈가 드러나는 동물은
학대를 의심해보아야 한다는 뉴스를
읽었는데 그는 갈수록 뉴스를 이해하지 못했다

과외 학생은
내 손이 자기 눈높이보다 올라가면
눈을 질끈 감았다
우리는 어깨를 붙이고 선조들이 만든 글자를 많이 썼다

더운 여름
집을 좋아하는 나는 채미희와 함께
시위에 나갔다
그날도 원수는 나타나지 않았고
원수를 지지하는 사람들은 기다림 없이 우리를

넘어 법정에 입장했다

채미희와 나는 줄을 길게 서서
「혐오」라는 말을 생각했다
그렇게 많이 써왔는데
부수로 계집 녀를 갖고 있었다

선조는 어떻게 이런 글자를 만들어 썼을까

여자들은 긴 대열 속에서 화장을 지웠는데
채미희 넌,
지울 거야?
따라오는 단어들이 많았고 「민낯 쌩얼 성형 미인」

지우자
지울 수 있을 때를 생각하다
지울 필요가 없는 사람을 보았다
지워지지 않는 사람도 같이
빠르게 입장했다

대열이 만들어졌다
대열을 둘러싼 얼굴들이 피곤해 보였다
우리보다 먼저 왔을지도 모른다

지울 거야?
채미희가 버린 것들이 필요해 보였다

필요한가요
저기,
다음에
다음에 필요하시면

세입자

우산 쓰고 손 잡는 일
손 잡고 우산 쓰는 일
하나 둘 셋 넷

*

인간처럼
손이 젖었다 손이 젖어본 악마
그 악마 곁에 매일 다른 얼굴의 인간
그 악마 곁을 겁 없이 지나친다
악마의 얼음칼 몰래 뽑아
혼자 노는 아이에게 주고
알겠지, 누가 아이스크림 준다고 해도 따라가면 안 돼

*

태풍을 따라
인간이 들어가자
악마들은 우산을 펼치고 시를 적는다

「손이 젖다니, 인간은 어떻게 이 안에 둘이 들어갈 생각을 했지」

*

(시로는 부족하여)
불문곡직 불평불만
우리는 말이야,
지옥에 뭘 두고 와서 잠시 온 거야
(우리말도 모르면서 어떻게 찾을 건데요)
사는 동안 태풍의 눈 같은 건 이해하지 말란 말이야
(잃어버린 게 도대체 뭔데요)

*

답시
친애하는 나의 평범하고 시시한 악마들
먼저, 손은 괜찮아요?
(칼을 잡을 손)

오늘은 인간
내일은 태풍이 여길 지나가요 하나의 우산 속
사는 동안 짓눌린 인간 둘
「그냥 그날은 그렇게 살 거예요」

*

악마들이 세상에 내려올 때마다 펼친
우산 속 매일 다른 얼굴의 인간
(우리말을 알려줄게요)
악마에게 악마의
눈 머리카락 팔 귀 입 코
(알려주려고 만지는 거니까 오해 마요)

*

우산 쓰고 손잡는 일
손잡고 우산 쓰는 일
넷 셋 둘 하나

카나리아

울창한 나무가 꺾여 있었다
풀이 누워 있었고

층계참 짓는 데 쓰인다고 했다
저게 사람으로 쌓을 탑이야

사람은 우수하다
개나 고양이와 다르게 백 년은 거뜬할 것이고
오래도록 변하지 않는 튼튼한 자재이므로 유용하다는 점
건축가들은 웃으며 숲을 나온다

잎은 시옷 자로 찢어져
발을 초록으로 물들였다 사람들의 악담
숲 멀리까지 검은 줄

집냄새 밴 동물들이 행인을 공격한다는 주의보가 급증했다

상자를 두고

숲에
나는 이제 일어나도 되겠다 싶어서 일어났다

한 사람 한 사람 사라졌다
발톱이 긴 쥐나 부리가 긴 새가 자주 보였다

건축가들은 도면을 맞추고 교정을 하고 공사를 진행했다
숲에서 나온 동물들은
탑 앞에서 틈틈이 설명을 들었다

어제보다 더 높게 박힌
탑은 자고
손을 씻고 밥을 먹어도 사람은 자라지 않아
더 나은 건축이 가능했다고 한다

교미를 거부하고
불 켜진 탑을 오르내리다
사람을 밟고

하나씩 내려온다
철창 안에서 저녁을 먹는다
건축가들은 뉴스를 들으며 시를 쓰고
의사가 내준 숙제를 푼다

나는 누웠다
숲에
시간이 괜찮았다

상자를 찢고 밟는 소리가 들렸다 고양이보다
더 오래 사는 나를
건축가가 부른다, 너도 줄 서

숲은 고요하고 소란스럽다
탑은 고요하고 소란스럽다

케이크

밤이 되어
마무리하기 위해
평소와 다름없이 밤을 걷다가
친구의 연락을 받고 밤을 접는다
친구는 케이크는 먹지 못하고 검은 커피만 마시고
덮었던 밤부터 다시 걷는데
걷는 사람의 분위기가 망가진다
세상의 모든 빌딩 속 수위가 마음에 걸리고
세상의 모든 수면제 이름은 어떻게 짓는지 궁금해
걷는 사람의 밤
마무리하기 위해
꺼지지 않는 빌딩 창문에 매달려
수위의 게으름을 처벌하는 죄목
밤새 허공에 울려 퍼진다
(징계 규정)
손가락을 접으며
(하나아, 두울, 세엣……)
계속하지 않아도 돼요
보관한 케이크는 여전히 예쁘고

약을 좀 배불리 먹고 싶은 사람의 밤
밤이 되어
예쁘다는 말이 마음에 걸리고
게으르다는 말이 마음에 걸리고
예쁘다는 말에 어떻게 손을 내젓지 않는지 궁금해
평소와 다름없이 밤을

정차

채미희는 외국으로 간다
열차에서 만난 외국인의 표정이 부러울 때

나는 선생님을 떠올린다
나를 좋아했던 미술 선생님
너, 새를 잘 그리는구나
새를 그리는 건 구름, 풀을 그리는 것만큼 쉽다
지붕 위 구름은 쭈글쭈글 절취선
새를 잡아먹고
어렵지 않으니까 다시
새를 그린다 새가 방을 나간다

나처럼
채미희도 새를 키워본 적이 있다

채미희의 새는 선을 넘었고
채미희는 선 위에서
나도 선 위에서
선을 넘었고 선 앞에서 누가

끝까지 살아남을까

차가운 방은 계승된다
계승한다 문장은 계승된다
계승한다 말은 계승된다
계승한다 그림은 계승된다
이어서

이제
침을 뱉으면
그 침이 언다
채미희는 마치 그 자리로 돌아올 사람처럼
겨울은 꽃이 비싸네
나는 병에 꽃을 꽂고 책을 읽으며

선 앞에 멈춰
새를 생각한다
살아남았다면 내 머리 너머의 모자

채미희는
새의 몸속에 들어가 새의 몸을 입어보고 싶다고 했다
새의 핏속을 흘러 다니며

그때 그 구름 같던 선생님은
말하자면 보조 바퀴 같은 거야
채미희는 계승하고 싶었다
나를 흔들며 보챘다
이어서

보자
「호랑이가 사냥을 나간다
호랑이에게 사냥하라고 시킨 사람?
호랑이가 사냥을 나간다
호랑이에게 사냥을 시킨 사람은 없어
호랑이가 사냥을 나간다
호랑이에게 사냥을 시킨 사람은 없다 해도
호랑이는 사냥을 나간다
호랑이는 새의 옷을 입고

새처럼 선을 넘고
사냥을 나간다 으르렁거린다」
봤지?

채미희는 플랫폼에 선다
모자를 구기는 손
새의 이빨
호랑이의 날개

연장 선상
열차 속
열차를 놓친 사람들
열차 밖
열차를 기다리는 사람들

작명

다음 날이 되니 없다고 했다
남겨진 사람들

나를 때린 사람은 벌을 받으러 갔다고
나는 가만히 서서

들었다 그 사람을 부르는
이름은
그럽시다, 조금 그러니까,
네?,
아니 조금,
아니 조금 그렇잖아요 아무래도,
그러니까 최대한 부르지 않는 것으로,
그래요, 부르지 말자
몇 사람은 꺼림칙하다고 조금 그렇다고 나도 그래
그리고

남겨진 사람들
나를 나로 불렀다, 너는 너니까

너는 너고,

네?,

나는 아직

아직인데요,

너를 너는 아직인데,

나는 아직 내가 될 수 없는데요

내게, 너를 너라고 부르는 사람들이 늘어났다

어둡고 안락한 곳에서 집단적으로 벌을 받고

돌아온 사람이

방 안에 있다고 했다

선물을 준비한 사람의 표정

그래 들어가보라고 얼굴 많이 좋아진 것 같다고

반성 많이 한 것 같더라고

나를 향한 미소가 무슨

선물처럼 그의 턱에

매달려 흔들흔들

문 열 수 없어요 아직,
나는 문 열지 말라고
이건 내 권리니까, 흔들, 이건 내 권리라고, 흔들

남겨질 사람들은
내 말을 듣고
소리쳤다 그건 너무 충격적이야,
너무하다, 너, 너무해, 너, 너무하구나, 너,

다음 날 내내
충격적인가 아무래도,
내가 내가 되는 일이
너를 너로 부르지 못하는 일이
죗값을 치르고 돌아온 사람을 문 앞에 세워두는 일이
충격적인가요,
무엇을 충격으로
어떻게 충격을 충격으로

아무래도

상흔은 너에게만 있는 게 아니야, 우리도 다 힘들다고
남겨졌던 사람들

나는 남아서
뒤돌아
어떤 방에 들어갔다 현장이라고 불리는
내가 맞았던 위치에서
소리가 들렸다, 소리도

내 이름이 들어간 말소리
미소를 지으며 들어오는 발소리
함께 미소 짓지 않는 숨소리

전염

점포가 늘어나고 있다

내일이면 잊히니까 벌 때 벌어야 돼
그는
죽은 자의 이름과 기도가 적힌 자필 노트를
열심히 베껴 내놓았다

책은 딱딱하고 조용해
귀는 접지 않고 손님, 접으면 안 됩니다 살 게 아니라면
귀는 안 됩니다
쓸고 지나가니 손에 옮은
타인의 침

죽은 자의 이름은 징그러웠고 제목은 어울렸으니
뒷마당에서
아름다운 책이 불타게 두었다

타닥
따끈한 새 책이 들어올 자리

너무 잘나가서
그는 자신이 무엇을 파는지
몰랐다 이름과 본문이 구별되지 않았다

탄내가 났다
나는 투명한 물을 벌컥 마셨다
기분 좋게 손도 씻었고
모임에 나간다

작가 지망생, 지망생, 지망생
다정한 눈빛으로 써 온 것을 나누고
그런데 저거, 누가 치워야 하지 않을까요

서점 뒷마당
누가 치울지 결정하는 사이 틈틈이
지금 타고 있는 것이 시입니까, 소설입니까, 뭐가 죽은 겁니까
나는 죽은 작가에 대한 논문 걱정만 했다

붐비는 점포에서 그는 바빴고
죽은 자의 이름을 외치며 책을 집고 좌우로 흔들었다
산 자들은 몰려들었다

책 한 권이 빽빽해지고 금고처럼
나는 작가의 말을 발췌해
논문을 멋지게 마무리했다
페이지마다 탄내가 진하게 났다

손을 씻고 좋았던 부분으로 다시 간다
접은 귀가 많았다

언니

비밀로 하자고 어른들께는 비밀로 하고 우리만 알고 있자

어떤 사람들은 눈이 멀거나 귀가 먼 채로 태어난다 이것은 비밀에 부쳐지고

사랑하지 않는 사람 둘이 싸우는 걸 보자고 앞도 안 보이고 들리지도 않는데 싸운다 힘들겠지? 비밀 때문에 사람은 사람을

배는 것이다 사람은 사람에게 너무 위험한 것이다 힘들겠지? 그래서 몇 늘어나고 몇 잡아먹고 잡아 먹혀 몇 적어지기도

네가 평소와 다르게 울어서 무슨 일인가 싶었어 뭐? 사람이 나올 것 같아? 어른들께는 비밀로 하고 우리만 알고 있자

부활 같은 거야 게임 속 캐릭터처럼 곱하기 심장 몇 골

짜기 사이에서 놀다가 부활 미안이 한 개도 없는 세계이니까 쉬워 보인다 쉬워 보여도 되는 싸움

아까 그 사람이 그 사람이랑 싸워 둘 다 확실히 죽었다는데 사랑했다는데 너는 누구부터 부활시킬래? 아무리 말해도

우리는 안 들리고 안 보이고 망할 놈의 신에게도 콘돔 착용을 의무화하고 어른들께는 비밀로 하고 그냥 모두 헤어지기로 한 하루

혼자 낳고 와 죽으면 부활 잘 누르고 금기어는 미안해 그 하루만 평화롭자고

어떤 사람들은 눈이 멀거나 귀가 먼 채로 태어난다 이것은 비밀에 부쳐지고 어떤 이는 금기어를 사용하고 언니는 다시 약속한다

ㅇ 노콘노섹(No condom No sex): 콘돔이 없으면 섹스를 하지 않는다. 콘돔은 피임을 백 퍼센트 보장하지 않는 것으로 알려져, 여성의 불안을 온전히 해소할 수 없다. 여성의 경구피임약 복용은 남성의 콘돔 사용에 비해 부작용과 번거로움이 크다. 남성의 경구피임약 개발 및 시판과 정관 수술 같은 남성 피임에 대한 사회적 경각심 및 성교육의 제도적 개선이 시급하다.

624호실

나와 애인과 어제까지 만났던 애인들과 검은 커피와 상한 과일이 모여 있는 방

당신 구두와 내 양말

나머지는 다 비웠어요

다행입니까

우리가 없을 때 노크하는 애인들은

사람들은 왜 노크를 할 줄 모릅니까

당신 구두와 내 양말만 있는 방

애인은 말합니다

혹시

벽일까요 그들은

벽 앞에서 벽이 되어 벽이 벽돌 모양으로 길어진다는 시를 본 적 있다고

친근감이 느껴지더라니, 빈방이 되는

주문

벽과 벽

노크 소리에

나와 애인이 손잡이를 돌리면

벨보이와 어제까지의 애인들은 없고 오늘의 술과 음식

이 있습니다
  열쇠 구멍이 넓어지는 주문은
  오직
  사랑하는 이들의 것
  12시 10분 체크아웃
  사람들은 의심이 많았습니다 벽을 더듬으며 벽을 두드리며 사라진 애인들이라니
  뒤돌아봅니다
  애인은
  벽을 만져봅니다 소리 질러봅니다 맞아요 그 시는 그것은 당신 아니었습니까
  다행입니까
  오직 사랑하는 이들만이
  방 앞에서 노크를 한다
  마법은 오직
  똑 똑

호두는 몰라도 돼

할 수 있는 자가 구하라
—장뤼크 고다르

노인이 아이에게 호두를 주다 호두를 주기 전에 주먹으로 손바닥을 내리쳐 호두 깨는 시늉을 하다
아이가 호두를 받다 호두를 떨어뜨리다
바닥에 떨어지는 호두 굴러가는 호두
노인과 아이 곁에 있던 사람들이 눈알을 굴리다
아이는 노인을 보다 호두를 보는 사람들을 보다
노인은 다시 호두를 주다
아이가 한 발을 디디고 호두를 받다
아이는 호두알을 먹는 상상을 하다
노인은 아이가 호두를 직접 깨는 상상을 하다
사람들은 노인이 호두를 깨 호두알을 아이 입에 집어넣어주는 상상을 하다
아무도 호두와 호두알의 기분을 모르다
노인의 기분과 아이의 기분과 사람들의 기분 사이
호두의 기분이 들어갈 틈이 없다 호두와 호두알은 서로 기분을 묻다

호두는 얼굴 위에 주름을 새기며 끔찍함을 느끼다

사람들은 노인이 호두를 깨 호두알을 아이 입에 집어 넣어주는 상상을 하다

노인은 아이가 호두를 직접 깨는 상상을 하다

아이는 호두알을 먹는 상상을 하다

아이가 한 발을 디디고 호두를 받다

노인은 다시 호두를 주다

아이는 노인을 보다 호두를 보는 사람들을 보다

노인과 아이 곁에 있던 사람들이 눈알을 굴리다

바닥에 떨어지는 호두 굴러가는 호두

아이가 호두를 받다 호두를 떨어뜨리다

노인이 아이에게 호두를 주다 호두를 주기 전에 주먹으로 손바닥을 내리쳐 호두 깨는 시늉을 하다

Mer

겨울이 시작되면 악어는 슬퍼합니다 눈물이 많은 걸 알고 악어는 손수건을 챙깁니다 손수건을 챙기면 겨울이 시작됩니다 인간은 눈만 가리면 빛과 생각을 뺏을 수 있다고 하더군요 인간이 악어의 손수건을 필요로 하면 악어는 주머니 속 손수건을 꺼내 내밀었습니다 인간은 정글을 그리워했고 바다를 상상하면 바다가 눈앞에 있다고 믿었습니다 어느 날 인간이 부탁을 합니다 내 눈 좀 묶어줄래 악어는 바다 사진을 인간의 눈 위에 올려놓고 손수건으로 머리를 묶었습니다 그리고 악어는 바다로 갔습니다 인간은 믿었습니다 악어는 있습니다 인간도 있습니다 인간이 묻습니다 어디야 악어가 답합니다 나도 바다야 겨울이 되면 강이 얼고 바다도 어는데 악어와 인간은 소리 없이 지나갑니다 겨울이 되었습니다 물과 물 사이 바다와 바다 사진 사이 손수건을 올려두었습니다 인간은 눈을 감은 채 눈을 맞습니다 바다 위로 눈을 맞습니다 악어는 손수건이 없어 눈물을 그냥 보냅니다 인간은 손수건 아래에서 새는 빛을 보았습니다 악어는 인간을 보며 시를 씁니다 눈물 때문에 시가 자꾸 지워집니다 똑 떨어진 눈물은 얼고 새는 빛은 얼지 않는데 악어와 인간은 소리 없이 눈을 맞습니다 파도가 없습니다 태풍이 없습니다 악어는 말합니다 세계의 모든 바다는 모두 한 번씩은 언다 나는 그것을 간절히 원하고 있어 인간은 악어의 손수건을 만지작거립니다 바다 사진이 흔들립니다 겨울이 시작되면 악어의 주머니엔 손수건이 있습니다

○ HYUKOH, 「Mer」, 〈22〉, 2015.

십이월, 당신을 파괴하는 순간

갑자기 쓰고 싶어졌다. 당신을. 편지. 편지가 좋겠다.

한 해의 마지막 달. 나는 이런 것을 굉장히 소중히 생각하는 인간이다. 십이월. 내 가슴속으로 들어온 당신을 환영한다. 당신은 너무 멀리 있고 그 점만이 이 편지의 유일한 사실이 될 것이다. 너무 멀어서 다행이다. 멀리서 당신이 십이월 최악의 인간이 되어주어 나는 사랑하는 사람을 잃을 뻔했다. 앞으로 다른 누구도 당신보다 더 혐오할 수는 없을 것 같다. 이 사실은 얼마나 다행인가. 십이월, 살아 있다면 죽은 듯이 사시라. 당신은 내가 사랑하는 삶 가까이에서 칵테일을 마시고 맛있는 음식을 먹고 예쁜 옷을 입고 누군가에게 소박하고 귀여운 그림을 그려줄 것이다. 둘 다 형편없었지만 당신은 뭔가를 그리는 사람이었고 내가 글을 쓰는 사람이었다는 것은 얼마나 비극이며 간극이며 다행인가. 하지만 아니지. 당신은 나를 미워했고 나를 파괴했고 나는 산산조각이 났다. 나는 당신의 십이월이 없기를 바란다, 십이월은 나에게 너무 화려하고 당신에겐 너무 과분하다. 가능하면 지금 말이다. 십일월에 대한 아련함이 남아 있을 지금, 십이월. 당신을 사랑하는 나의 사랑하는 사람이 당신 문상 가는 길을 상상한다. 사랑하는 자와 미워하는 자가 한 몸 안에 있다는 것을 나는 배웠다. 나는 당신 벗 아니니 연락하지 마라. 꼭 필요한 일이 아니면 연락하지 말라고 그랬잖아, 당신이 웃으며 했던 말을. 십일월 내내. 웃으면서. 웃어도 된다고 생각했을. 그 마음. 그 얼굴에 달린. 예쁜 코가 보였다. 나는 쳐다보기 두려워 내 갈 길을 갔는데. 당신은 내가 보이지 않았을 것이다. 평생 모르겠지. 그러길 바라는 마음이 적지 않다. 웃음은 나의 것이 아니었다. 나에게는 불가능한 것. 나의 것은. 그렇다면 나의 것은. 나의 것. 당신. 을. 나.

갑자기 쓰고 싶어졌다. 당신에게. 멀리서 십이월 최악의 인간이 되어준 당신을 환영하며. 발신자, 당신을 파괴하는 사람.

셋

그날 우리는 어떤 소설에 관해 이야기를 나누고 있었다 정말? 응 그렇다니까 정말 참말? 참말 채미희는 처음엔 그것이 작가의 말이나 해설의 머리글이나 편집자 주석인 줄 알았다고 했다 아마도,로 시작해서 아무튼,으로 끝나는 정확히 한 치의 오차도 이견도 없는 이야기였다 우리는 퇴근길에 '귀'라는 술집에 들러 하이볼을 마시기로 했다 십이월이라고 겨울이 생색을 내도 엄청 낸다고 추워도 너무 춥다고 강원도보다 추운 건 서울 시티즌으로서 참을 수 없다고 채미희는 투덜거렸다 이제 곧 내린다 채미희는 늘 끝을 예고하는 버릇이 있다 영화관에서도 주인공이 고향으로 가는 기차표를 끊자 내 귀에 대고 곧 영화 끝나, 바로 나가자 속삭이길래 뺨을 짧게 갈길 뻔했다 그런데 그때 지하철 종점을 알리는 기관사의 쇳소리가 열차 안에 울려 퍼졌다 채미희는 말했다 저것은 신자유주의의 엄지손가락도 짓누르지 못할 인간이다 내가 놀란 이유는 기관사의 그것과 채미희의 그것이 너무나 닮아 있었기 때문이다 이번 역이 이 열차의 종점이니 내리시길 바랍니다 기관사는 자동기계음을 꺼버렸는지 마이크로 오직 자기 목소리만을 송신했다 이번 역,

이번이, 이 열차의 종점이니, 내리십시오 내리길 바랍니다 내려라 내려 내리라고 제발 좀 제발 부탁드립 모든 승객은 놓고 가는 물건 없이 내리시기 내려주시기 바랍니다………… 열차의 등이 꺼지고 순식간에 오컬트 영화 분위기로 바뀌자 모든 승객은 플랫폼으로 나온다 채미희와 나는 다음 역까지만 가면 된다 우리는 다음 열차를 타고 바로 다음 역에서 내렸다 평소보다 9분이 더 소요됐다 우리는 '귀'라는 술집에 들러 따뜻한 뱅쇼 두 잔을 주문했다 그리고 다시 단 세 페이지의 소설에 관해 이야기했다

악보

고대 그리스의 악보는 문자와 기호만으로 음의 고저와 길이가
표시됐다 악보에 가로선이 등장한 것은 10세기경으로 음의 높낮이를
쉽게 이해하기 위해 한두 개의 선을 그은 것이 그 시작이라고
전해진다 이후 음계가 복잡해지면서 선이 여덟 개까지 늘어나기도
했다가 너무 많아지다 보니 오히려 복잡해서 불편했다
결국 17세기 이태리 오페라계에서 선을 다섯 개로 통일하면서
오선지라고 불리게 되었다*

옷과 책을 좋아하는 친구들과 마르고 긴 친구들을 피아노 연주회에 초대했다 하나뿐인 부족에 전해지는 노래를 들려주겠노라 나는 피아노 앞에서 가끔 생각한다 소리 나지 않는 것은 오직 인간뿐 여긴 하프 스코어 여기선 건반의 처음을 누르는 손끝뿐 손가락으로 누르는 거야 손톱이 아니라 건반은 손톱이 아니라 손가락 그래야 진짜 아픈 거야 건반은 강적이다 싸우지 않지만 강한 것 손가락이 간다 건반의 명치를 비껴간다 연습이 더 필요한 것이다 소리 나지 않는 인간 앞으로 인간을 보고 자란 건반 앞으로 손가락이 간다 하나뿐인 부족에 전해지는 노

* 네이버 지식백과, 오선지(伍線紙).

래를 들려주겠노라 여기 피아노 연주회에 내 친구들이 있고 나는 잘 보이고 싶다 여기선 건반의 중간까지 누른다 건반이 인간을 보고 뭘 배웠는지 소리가 나지 않는다 나는 피아노 앞에서 가끔 생각한다 사라질 때 소리가 나면 좋겠다 소리 없이 지나가지 말고 건반처럼 건반의 끝처럼 소리가 붙는다면 손톱 끝에 하나뿐인 부족의 끝에 소리가 붙는다면 마르고 긴 친구들의 손목과 옷과 책을 좋아하는 친구들의 스웨터에 소리가 붙는다면 건반의 한숨이 들린다 파르르 파르르르 떨리는 당신 입술 도려낼래요 내게 주세요 마지막으로 행운을 보내듯 손가락을 겹쳐 도레미파솔 고마워요 솔파미레도 사랑해요

패턴들

9월 24일

심사평. 문학 잡지. 신인상. 발표. 얼굴들. 사람. 역할극 같네. 채미희 말한다 말조심해. 그럴까 여기 되게 웃긴다 우리 그런 얘기 한 적 있잖아 이력서에 적어 몇 년도 몇 회 공모/신인상/신춘문예 최종심/본심 탈락. 멋지다. 사실 더 궁금하거든. 잠깐 잠깐. 잠깐 또 그 소리야? 그만 좀 진지해 인마 어차피 문학 아니냐? 글 많이 팔아서 비싼 밥이나 한턱 내 채미희 웃는다 알았어 근데 이거 재밌거든. 여기. 전통적인 소설 문법을 거부하고 소설이라는 장르의 한 극단을 실험하는 흔치 않은 시도라는 점에서 눈길을 끌었다 음악의 형식을 빌린 제목에서도 암시되듯 이 소설은 단순한 언어예술을 넘어 의미의 감옥을 깨뜨리고 나와 그 자체로 하나의 음악적 구조물이 되고자 하는 현대 실험소설의 한 경향에 맥을 대고 있는 것처럼 보였다 그러면서도 특히 고문의 흔적인 목소리들이 저장된 무덤이 고통의 무게를 이기지 못하고 주저앉는 결말의 스펙터클을 향해 뒤돌아보지 않고 언어와 문장을 촘촘히 축조해가는 집요함이 돋보였다 이 작품에는 잔흔과 잔향으로만 남아 있는, 그러나 현재 안에 보이지 않게 축적되어 있는 어떤 세계에 대한 호기심과 탐구 정신, 문제의 설정이 드러내는 문학적 야심과 고고학적 상상력, 그것을 하나의 정교한 건축물로 쌓아 올려가는 집중력 그러나 이 모든 미덕에도 불구하고 나는 이 소설을 전적으로 신뢰할 수 없었다 통상적인 선형적 플롯과 의미의 소통을 거부하고 이미지 혹은 미장센의 배치와 브리콜라주가 주가 되는 이런 형식의 실험적인 소설이 그래도 갖추어야 할 최소한의 규칙이 있다면 그것은 그 모든 것들이 소설의 내적 필연성에 따라 구축되어야 한다는 것이겠다 설혹 소설적 요소들의 배치가 우연성의 (무)질서를 따르더라도 그는 정교하게 계산된 통제가 뒷받침되어야 한다 이런 방식의 실험에는 그만큼 정교한 건축술이 요구된다는 뜻이다 겉으로는 정교한 것처럼 보일지 몰라도 이 소설은 그런 점에서 볼 때 중대한 결함을 안고 있다 [……] 단지 표현을 위한 표현이라고 할 수 있는 이런 사례들은, 더 나아가 이 소설 전체가 단지 실험을 위한 실험일 뿐이 아닌가 하는 의심을

품게 만든다 [……] 실험은 물론 그 자체로 의미 있는
것이지만 그 실험의 근거와 필연성이 독자에게 충분히
납득되어야 한다 [……] 이 소설의 실험에서 절실함과
자기 근거보다는 어쩔 수 없이 지적 과시와 허세를
먼저 읽게 되는 것은 비단 나만의 착시는 아닐 것이다.*
난 이게 재밌더라. 이 말. 이 문장. 이번 학기 리포트
제목으로 어때? 채미희 어느새 눈 감고 있다 너무
지나치게 힙하다 괜찮은 걸까?**

9월 23일

아차산에서 내려다본 서울의 대교들은 작고 반짝였다
이번엔 내게 왜 산에 오르는 일이 중요한지 묻는 대신
사진 많이 찍었다 이때만큼은 채미희도 애인의 사진을
기쁘고 충만했고 하늘이 그들과 점점 더 가까워져

* 김영찬, 「2019 문학동네신인상 발표: 소설 부문 심사 경위 · 심사평」, 『문학동네』 2019년 가을호, pp. 44~45.
** 손보미, 같은 글, p. 49.

형형색색의 등산복을 입은 네 명의 사람 젊은 남성
두 명 음악과 음악이 섞이며 비탈길로 우리 내려간다
채미희 가방에 따뜻한 커피 말한다 차갑게 가져올걸
하하 뜨거워도 너무 뜨겁네 아직은 춥지 않다 여름과
가을 사이 환절기 아픈 내 친구들 어서 낫기를 우리끼린
재능을 비교하지 말자 누군가 말했고 개소리

9월 25일

나무 옆에서 어두운 흙을 보며 담배를 태웠다.
아마도 인공 정원.

9월 26일

볼일 보러 잠깐 나왔지 하늘 올려다보게 되었고 높고
잔잔한 구름들 아이스크림 한 스쿱에 묻은 얼룩처럼
흐릿했고 나는 내가 들고 있는 문서를 누군가에게

전달했다 담배 태우는 학생들과 떨어져 걷고 며칠
담배 태우지 않았다 그새 나는 담배 연기 맵게 느끼고
고개 좀더 들고 싶었으나 시간은 짧았다 점점 더 몸에
액세서리를 덜어내게 되었고 조금 더 변화 나는 변한
것은 아니다 그저 지금 익숙해지는 일 마음을 다
채우기로 한 것이며 지금의 상태에 익숙해지시라고
말하는 강사의 말을 적었지 나는 그러기로 했다
생각하며 교정 거닐었다

「Get used to the present situation.」*

수요일

이제는 이렇게 말해야겠다.
필요 없어졌어요.
필요하지 않아서요.

---

* 「줌 백 카메라Zoom Back Camera」, SeMA벙커, 19. 09. 06.~09. 25.

금요일

엘리베이터에서. 나는 확신했지. 이 안에서 춤을
추는 사람이 정말 나뿐일까? 가장 아름다웠던 소리에
대해. 들으면 집에 가고 싶어지는 곡. 친구는 작곡한다
친구라고 해도 되겠죠. 악기를 바닥에 내려놓고 그 위에
손 얹어 바깥 창문으로 하얀 눈과 하얀 눈이 떨어지며
내는 소리 그리고 창틈으로 들어오는 바람 만들어
소리 상상을 들었다 눈 오는 저녁이었고 친구는 악기
오랫동안 사물함에 넣어두었지 그 학기가 끝날 때까지
학교에 나타나지 않아 나는 걱정했고 엘리베이터에서
춤을 추면서 간혹 이웃들과 함께 엘리베이터에 있을 때
눈물. 너무 춤을 추고 싶어서. 여태껏 내 이웃의 얼굴
한 번도 본 적 없다는 사실에 조금도 이상함을 느끼지
않았고 춤추느라 바빠요. 언제나 외력보다 내력이 세게.
멋지다고 생각했던 말이 밤에 생각났고 그는 그것을
기록한다. 쓰고 읽어본다. 외력 내력. 너는 고집이 굉장히
강하기 때문에 더욱 다른 사람의 말이나 글을 보고
읽어야 한단다. 알았니. 게을리해서는 안 돼.

9월 27일

1. 박솔뫼 작가의 수상을 축하합니다.
2. 어쩌면 내가 아는 박솔뫼의 소설은 여기에 없다.
2-1. 혹은 너무 많거나.

토요일

믿음을 가진 자, 확신을 품는 자, 단정 짓기 구분 짓기를 이론의 방법론으로 채택하는 자, 인스타그램과 트위터에 자주 (연속적으로) 셀피를 올리는 자, 자기소개를 자주 바꾸는 자, 걱정이 많은 자, 결국 말이 지나치게 많은 자를 포함한 말이 그냥 많은 수다스러운 자 [……] 모두 거르고 그 결과 누가 남는가. 누가 말을 잃었거나, 걱정에서 해방된 몇 사람들. 그들의 술자리. 나는 그를 만난 적이 있고 그를 오래 관찰했다. 그는 취하지 않는다. 잘 안 취하나? 그런 생각을 채미희는 했고 박솔뫼는 답했다. 저는 물을 마십니다. 술을 좋아하지 않아요.

좋은 소설과 재미있는 소설을 자신에게 선물하고 싶다면. 먼저. 믿음 없는 삶을 지향하라.

채미희는 문자를 보낸다.

답장. 꺼져 술 마시는데 연락하지 마 새끼야. 아 참 그리고. 미친놈아. 옷이 정말 예쁘다고 내가 언제 너한테 말한 적 있는데, 그때 네가 지껄인 말을 기억해? 「그럼 나는?」 미친놈아. 그것부터 내보내.

일요일

헤어지고 다시 만났지. 사진 정리했고 스물한 살의 자신이라며 사진을 보낸 친구. 글을 조금 쓰고 썼던 글을 정리했지 옷장의 모든 옷을 꺼내 다시 정리하듯. 햄버거를 먹으러 언덕 몇 개 넘었다 언덕 넘으며 언젠가 이 언덕에 대한 이야기를 소설에 썼고 사실 그날도 햄버거 사러 내려가던 길이었는데 갑자기 햄버거

먹어야겠다 생각한 건 어떤 소설을 읽었기 때문인데
이 감정 다시 소설에 기록하는데 어느 정도 기뻤지 내
소설의 그, 내가 읽은 소설의 그, 햄버거와 주문 번호가
적힌 영수증을 교환해준 맥도날드의 그를 구분하기
어려웠고 나는 일회용품 사용을 싫어하기 때문에
햄버거만을 손에 들고 언덕을 다시 걸었지 집에 와서
햄버거 먹으며 옷을 정리하듯 다시 소설 썼고 정리해
채미희는 내가 햄버거를 다 먹은 뒤에야 귀가했다
안녕 인사했고 안녕 웃으며 인사 들었다 왜 밥은 먹고
다시 그걸 또 정리하는 것까지 너무 힘들다. 그리고
맥도날드의 키오스크를 생각하며 잠이 들었지 사운드
효과를 받는 플레이어처럼 정말이야 키오스크에
있었어 절망적이었지만 동시에 안도했다 내가 원하던
모든 질서가 내 소설의 구조를 거기서 찾을 수 있겠다
생각했어 당신이 뭘 마음에 들어 할지 몰라서 다
준비했어요 이 중에서 골라봐요. 채미희 등에 대고
말했다 감자튀김 안 남았어? 너는 정말. 바코드 이제
예쁜 구름 사이 차분한 무지개. 사람들 지나간다 햄버거
포장지 냄새 밴 학생들 교복 구두 언덕이 무거웠지. 끝.

9월 30일

민경환은 말했고 그는 읽었으며 채미희는 도서관에서 조용히 욕을 뱉었다.

「묘사를 할 때, 사람들은 느낄 때보다 우월하다. 묘사 속에서 자기 자신을 잊기 때문이다.」

Fernando Pessoa. Livro do Desassossego.

네이버 지식백과. 동인이명heteronym이란 예명과 허구의 약력을 가지고 완전히 다른 스타일의 글을 쓰는 것을 말한다. 소아레스(필명)는 다른 누구보다 더 작가에 가까운 동인이명이다. 그는 페소아의 '다양한 배우가 다양한 배역을 연기하는 텅 빈 공간'의 개념을 공유한다. 출간된 책은 페소아의 사망 후 트렁크에서 찾은 봉투의 뒷면이나 종잇조각에 끄적거린 문장의 편린들을 모은 것이다. 어떤 글들을 골라 어떻게 편집했느냐에 따라 여러 가지 버전이 존재한다.

반복해서 읽어본다. 묘사를. 할 때. 사람들은. 느낄.

때보다. 우월하다. 묘사. 속에서. 자기 자신. 을. 잊기.
때문이다. 묘사를 할 때. 사람들은. 느낄. 때보다.
우월하다. 묘사 속에서. 자기 자신을. 잊기. 때문이다.
묘사를 할 때 사람들은. 느낄 때보다 우월하다. 묘사
속에서. 자기 자신을 잊기. 때문이다.

우리가 있는 풍경 우리가 바라보는 풍경 우리 자신. 이
세 층위를 동시에 바라볼 수 있는 구조. FPS 게임만 하던
새끼들은 이걸 모른다. 채미희 욕 조금 더 커진다 나는
그게 세상의 전부인 줄 알고 십대를 보냈는데 이것을 티
내면 채미희 지랄한다 자연스럽게 자연스럽게. 우리가
보는 것과 우리를 보는 것 사이의 거리. 왜곡이 점점
사라지는 세상이라고 문학 잡지에서 인문학자들은 입을
털지만 나는 그렇게 생각하지 못합니다. 생각이라는
활동 자체에 대해 나는 뭐라 하기가 점점 어려워지고
얼굴은 붉어집니다. 봄과 보여짐의 상관관계에 대한
연구는 정부 지원 연구비를 타기엔 쉽겠지만 언제나
재미없습니다 오히려 이러한 반응이 건축물에 어떻게
반영되고 미술관 구조와 콘크리트 사용 방식을 어떻게

바꿔나가는지에 대한 탐사와 큐레이팅의 의미와 수급需給이 온라인과 오프라인에서 어떻게 확장 축소되고 있으며 자료의 수집 분류 구조화라는 뜻을 가진 개념이 어떤 이유로 어떤 방식으로 한국 문학의 접두사가 되기를 포기했는지에 대한 연구와 담론과 잡담이 (큐레이팅에게 물어본 적은 없습니다만) 더 흥미롭지 않습니까. 작가론과 작품론 사이를 유령처럼 떠돌고 있는 채미희의 국문과 석박사 친구들 앞에서는 이런 툴툴거림도 미안하지만 텍스트의 구조 변화는 너무 하찮고 이보다 더 재미있는 것들이 이미 우리에게 메일링되고 있습니다. 당신이 in spam 해놓지만 않으셨다면요. 레이어 세 명. 도서관에 도둑고양이 세 마리. 그와 그와 그. 이 모든 풍경의 관조를 지배하는 자 역시 셋. 자본주의와 공산주의 모두 이곳에서 코카콜라를 마셨다. 자본주의자와 공산주의자 모두 서로의 콜라를 의심하지 않는다 왜냐하면 콜라를 나누지 않아도 되기 때문이야 서로의 콜라가 너무도 똑같이 제로 칼로리라는 것을 우리는 안다 이제야 그리고 이 모든 것은 기술이 가능케 했고요.

FPS만 해본 새끼들은 이걸 모를 거야. 모두의 입을 닥치게 했어.

채미희는 착각했다 타인의 착각을 방해하지 않으면서. 오늘도 도서관에서 건축 잡지를 펼쳐놓고.

10월 4일

1. 내 소설을 읽지 않았다는 사실을 참을 수가 없다.

1-1. 네 소설을 읽었다면?

2. 내 소설과 네 소설이 미디어에 노출되지 않는다는 사실을 참을 수가 없다.

2-1. 우리는 당신들이 생각하는 대로.

3. 내 소설을 읽었다는 걸 들키고 싶지 않다면?

3-1. 너 미쳤니? 채미희 말한다.

4. 선크림이나 발라. 밖으로 나가자 우리. 힝. 나 오늘 못생겼어.

소설 제목 이거 어때?

채미희 말한다.

10월 16일

너무 힙하면 숨이 쉬어지지 않는다.

너무 구려도 역시 숨은 쉬어지지 않는다.

정희진 선생님의 최신 논문. 읽기. 그리고 소설.
교차해서 읽기. 읽기의 교차. 사실 동어반복.

—존재-역사적 소설의 침입 6: 구별은 하나의
경계이고 차이를 표시하는 것이다. 구별하게 되면
구별의 양쪽을 갖게 된다. 하지만 양쪽을 동시에
사용할 수 없다는 조건에 따라야 한다. 왜냐하면 양쪽
모두를 동시에 사용할 수 있다면 구별은 아무 의미가
없기 때문이다. 구별은 원칙적으로 두 가지 요소를
포함한다. 하나는 구별 자체(수직선)이고 다른 하나는

지칭(수평선)이다. 여기서 특기해야 할 점은 구별 자체가 구별과 지칭을 포함하고, 따라서 구별과 지칭을 구별한다는 사실이다. 다시 말해 구별이 하나의 단위로 작동하기 위해서는 언제나 구별 속에서 다시 구별을 전제하게 된다.*

— 한국 현대사에서 지식으로서 문학의 위상. 이 글에서 문학 작품과 그 관련 담론을 남성성 분석의 제재로 삼는 가장 큰 이유는 한국 현대사의 지식 장場에서 문학이 갖는 위상 때문이다. 구한말에서 곧바로 갑작스러운 근대화를 맞은 한국에서는 서구적 의미에서의 제도화된 근대의 지적 자원이—철학, 역사학, 사회과학 등—축적, 발달할 겨를이 없었다.

게다가 한국은 레드 콤플렉스라는 반공 이데올로기의 탄압이 극심했기 때문에 사상의 자유가 '실제로 없었다'. 한국인에게는 영어가 곧 지식이었다. 그래서

---

* 정지돈, 「All Good Spies Are My Age」, 『우리는 다른 사람들의 기억에서 살 것이다』, 워크룸 프레스, 2019, p. 108.

현실과 자기 자신을 설명할 지식을 현실 너머의 언어, 메타 언어라고 불리는 예술, 문학을 통해 표출할 수밖에 없었다. 책의 역사와 독서의 역사는 다르다. 지식의 보급에 대해 알려면, 책과 인쇄물을 매개로 하는 사회적 커뮤니케이션의 경로를 추적해야 한다. 지식의 생산은 저자로부터 출발하여 출판사, 인쇄업자, 서적상, 독자까지 연결되는 커뮤니케이션 회로의 각 단계와 전 과정이 시간과 공간에 따라 어떻게 변천 혹은 발전했는지, 또한 시대의 경제적, 사회적, 정치적, 문화적 시스템과의 상관성 속에서 파악 가능하다(천정환, 정종현, 2018). 그러나 그간 한국 사회는 현재와 같은 제도화된 교육 체계가 자리 잡기 전까지는, 저자가 탄생할 수 있는 인프라가 없었다. 지식 생산은 자본주의 인프라 구축 과정과 비슷하다. 이러한 현상은 대개 '전근대사회'에서 갑자기 식민 지배를 받게 되어 서구 지식이 지식의 기준이 된 '제3세계' 국가에서 비슷하게 나타나는 현상이다. 자본주의 출발이 늦은 식민지 사회에서 창작 행위로서 문학은 그 사회의 의식을 표출하는 데 중요한 기능을 담당하였다. 프란츠

파농은 피식민자, 즉 자기 땅에 유배되어 자기 언어가
없는 이들에게 남은 것은 '경험으로서의 몸'이라고
썼다 [……] 지배자가 규정한 자기 상황을 언어화하는
과정에서 문학과 지식의 구분은 불분명하다.
애초부터 그 구분은 서구가 만든 것이기 때문이다.
한국의 근대화 과정에서 문학의 역할은 지식사회학의
핵심 주제이다. 소설가들은 지식인의 역할을 할
수밖에 없었고 또한 자임했다. 소설가들은 자칭 · 타칭,
'지사志士'였거나 '사상가'일 수밖에 없었다. 박경리나
김지하, 박노해는 생명사상가로 불리고 있다. 심훈의
「상록수」처럼 박정희 정권의 개발독재에 이용된
계몽주의 작품도 있다 [……] 지식을 매개할 수 있는
다른 매체가 없었기 때문이다.*

다시 한번. 정지돈. 정희진.
— 예술은 예술 작품이 어떻게 관찰되어야 하는지에

* 정희진, 「반미문학을 통해 본 식민지 남성성의 형성」, 이화여자대학교 대학원 박사학위 논문, 2019, pp. 7~9. 천정환 · 정종현, 『대한민국 독서사』, 서해문집, 2018(정희진, 2019에서 재인용).

대한 지시로서 구별들을 예술 작품 속에 집어넣는다.
이렇게 되면 자연과의 유사성이나 사회정책적 의도는 더
이상 중요하지 않게 된다.*

— 여성주의가 포스트 콜리니얼 사상에 기여한 가장
큰 공로는 이분법binary의 해체이다. 이분법은 둘 사이의
대등한 관계가 아니라 하나를 중심으로 한 나머지를
의미한다. 즉 'A'와 'B'의 관계가 아니라 'A'와 'not A'의
관계를 대립적으로 보이게 하는 것이다. 페미니즘의
서구 중심성을 비판하면서 서구와 비서구의 이항 대립을
극복하려는 여성주의 논의는 근대성의 의미를 단일하고
고정된 것으로 묶어둠으로써 근대성의 창조자로서
서구를 특권시하는 시각에 의문을 제기해왔다. 이들은
'서구/외세' 대 '비서구/토착'이라는 식으로 개념과
아이디어의 이분법 범주의 핵심에 존재하는 정치학을
비판하면서, 서구 사회를 포함하여 각 사회의 고유의
맥락에서 형성되는 근대성의 혼종적hybrid 성격을
인식하고자 하였다.

* 정지돈, 「All Good Spies Are My Age」, p. 112.

— 또한 반미문학의 많은 내용은 미군의 만행을 보도한 신문 기사를 소재로 하거나 그대로 옮기는 습합拾合이라는 소설 쓰기 방식을 많이 사용하였고, 작가들의 직접 체험이 많다. 이는 신문과 소설 그리고 현실과 재현의 차이가 느껴지지 않을 만큼 참혹한 시대상을 반영하면서도 '허구의 형식으로서 문학'이 가진 자원이자 힘이었음을 보여준다.

뿐만 아니라 서사로서의 문학, 담론으로서 문학이 등장하면서 픽션과 논픽션의 구분은 큰 의미가 없어졌다. 문승숙은 카투사 연구, '미 육군 안에 있 지만 미군은 아닌 존재-카투사 담론 속 제국주의 권력에 대한 저항'이라는 논문에서 카투사를 배경으로 한 장편소설 『노란 잠수함 1·2』를 주요 텍스트로 삼는다.

이와 비슷한 맥락에서 1967년 창간된 〈창작과 비평〉을 '창작'이라는 제호가 들어간다고 해서, "문예지"라고 생각하는 이들은 없다. 〈실천문학〉과 1990년대 말에 등장한 〈당대비평〉의 기사 역시, 문학과 '다른 지식'과의 구별이 없었다. 실상, 1980년대의 〈실천문학〉은 '문학'면보다 '사회과학' 지면이 많았다.

이제 픽션이 말하는 진실은 사실fact보다는 의미meaning에 관한 것으로 이동하고 있다. 우리가 주목해야 할 점은 허구와 사실의 거리가 아니라 쓰는 자[作家]의 인식과 이에 대한 사회적 의미, 수용, 평가이다.*

일요일

울고 싶지 않고 웃고 싶지도 않다 다만 더 쓰고 싶다 더 읽히고 싶다 그럴 수 있을까. 눈물 콧물. 엉엉.

아님 말고. 안 되면 말고.

채미희 지나가다 발견하고 말한다 너 아직도 이러고 있었냐? 참 열심히 산다 그래도 재밌나 보네.

---

* 정희진, 「반미문학을 통해 본 식민지 남성성의 형성」, pp. 9; 19. 작가연구위원회, 『남정현 문학 전집』 3권, 국학자료원, 2002(정희진, 2019에서 재인용).

○ 민경환, 「세모나 네모로 얼룩을 번역하시오」, 〈문장웹진〉 2019년 3월호.
○ 장현, 「뫼」, 『문학과사회』 2019년 가을호.

index.

ReadMe — compile되기 전의 코드는 텍스트에 불과하다는 것을 기억할 것. 우리에게 필요할 것 같은 것들을 머릿속에 욱여 넣고 살아야 하는 시대를 지나, 그것을 알아내는 데 1분밖에 걸리지 않는다면. 지금 우리가 살고 있는 세상은 우리 머릿속에 있지 않다 하더라도 우리는 이미 그 지식을 알고 있는 것과 다름없지 않을까. 내 머릿속에 있는 지식도 경우에 따라서는 그걸 꺼내는 데 1분 이상 걸릴 때가 많거든.

정보 — 검색 엔진에 노출되지 않는다는 것은 현실(실질)적으로 존재하지 않는다,라는 의미를 갖기 때문에

채미희 — 최민호는 내 부탁을 공손히 거절했고 그래서 내가 여기에 뭔가를 써야 한다.
you don't know me now.

B — 종이에게 사과해 나무에게 사과해.

timesheet — timeline 2020-2019-2018-2017.

E — 매체결정론자가 되었음, MS워드에서 Pages로 넘어가는 시기에 한 번. 최민호도 곧 맥북 프로를 살 거니까, Designer 그리고 우린 같이 애플 스토어에 가서 가격표를 보지 않고 카드를 긁을

것이다, 미래.

log for DB.

Pattern or patterns by Jang Hyun.

이것이 나의 데이터이고 나는 판다. 나의 데이터를.

F 최민호: 등단. 귀찮아.

G 역겨운 새끼 더러운 걸레 새끼 창놈 새끼

박상륭 그러나 자네는 3백 걸음도 떼지 않아서 되달려올 게야. 내 얼굴이 보고 싶을 게거든.

log 채미희는 한계를 느끼기 시작했지만 늘 그랬듯이 열정페이가 아직 바닥나진 않았으니까, 조금 더, 한 번 더,를 외쳤다. 좆팔 한국 문학이 우리한테 이러면 안 되는 거 아니냐? thinking 2020 on November 4, 우리는 왜인지 모르겠는데 어느 날부터 글을 읽고 쓰는 게 너무 좋았고 그래서 여기까지 오게 되었다. 그런데 우리는 더는 갈 곳이 없는 것처럼 느껴진다. 그리고, 읽으며 채미희 생각했지. 하나 더.

debugging IDE에서 대부분의 프로그래머는 그들의 시간을 새로운 코드를 작성하는 데에 쓰지 않고 테스트와 디버깅을 하는 데에 70~80퍼센트를 소비한다.

채미희 너는 내가 역겹다.

y'all know me now.

D HOMEBREW COMPUTER CLUB

1975.03.
우리 돈 많이 벌면 이런 거 먹으러 오자. 내가 이거 사줄게.

H 시시해 죽어버려.

ReadMe 망해도 돼. 아무것도 아니야 아니야 아니야 아무것도 아니다 아무것도 아무것도 아니야.
검색엔진이 누구의 편을 들어주겠어요?

T 전문성. 전문직. 연봉.
나는 도피처가 필요했던 것 같고 내가 이 일에 재능이 있는지 생각하기 전에, 나는 열심히 대학 생활을 했고 공부하고 읽고 쓰는 게 미치도록 좋아서 여기까지 왔다.
2학년을 마치자 내가 걸어온 걸음들이 성취로 성패로 기록으로 클라우드에 저장되고 daily sheets는 몇 권의 노트와 책과 소설로 남았다.
나는 왔고, 이제 막 근대에서 벗어나기 시작한 채미희를 생각하며, 모더니즘 모더니즘, 유령 유령, 숱하게 투고하고 공모에서 상을 타기 위해 들였던 품을 생각하며 겨루기 위한 무기로서의 재능에 대해 잠깐 생각해보자고 했고, 내가 재능이 있었을까? 재능이 문제일까? 재능이 재미 없는걸?

M 캐릭터는 한때 돈 때문에 진로를 바꾼 적이 있지,라고 말한다.
나는

이제
물을 수
있다.
「너는 문학 다음에 올
무언가가
필요했던 거야? 아니면 정말 컴퓨터 사이언스가
필요했던 거야?」
그렇다면 이렇게 제목을 적을 수 있다,라고
채미희 말한다.
「There is No
Korean Literature without Computer.」

채미희 yall know me now, yall know me now, yall know
me now, yall know me now, yall know me now
yall know me now yall know me now, you don't
know me now, you don't know me, y'all know me
now y'all know me you all know yall know me
now now now now now yall yall me me me me me
me me me now, you don't yall you all all all know
know me don't

I log2020.
Random Head.
「떠나려는 사람만이 모든 것을 본다」
「Only people who decided to leave, can see
everything*」
「극한값은 목적이지 상태가 아니다」

J 살려주세요.

그만해 이제.

깜냥이 안 돼 너는. 그릇이. 인정하자.

K 그래도.

내일 봅시다.

X 집에 돌아가는 길에

나는 또 후회를 해야 해

어디서부터 망한지를 몰라

다시 돌아가는 일을

반복해야 해

근데 다시 또 생각해봐도

뭐가 뭔지도 잘 모르겠어

2020년 4월 9일 목요일.

책을 작업하면서 내가 분노했던 기억들과

열등감과 혼란 그리고 내가 싸웠던 미신들.

잘못된 신념들과 내가 틀렸나? 내가 틀렸다고?

아니야, 네가 틀린 거야,라고 믿었던 팽배한

자의식들. 이것들을 짊어지기에 난 더 이상

---

* 차지량, 다채널 영상 설치 작품.「떠나려는 사람만이 모든 것을 본다Only people who decided to leave, can see everything.」(2012.12.20.~2019.12.20.) Multi channel video. 40min.

어리지 않아. 판단했다. 그래, 나는 이제 이십대
후반이라고. TEXT. 티 이 엑스 티. 텍스트. 소리
내어 읽어. 읽어 읽으면 2017의 발음과 2018의
발음과 2019의 발음 현재의 발음이 모두 다르다.
나는. 내가 품는 감정과 하고 싶고 할 수 있는
말들도 모두 다르다. 형식과 내용과 때와 장소를
가려 할 수 있는 말들은 충분했지만 나는 이제
아무 말도 하지 않는다. 이것은 결정이 아니다.
그저 난 이 상태에 익숙해진 것이며 Get used to
the present situation 아니, 나는 이제 '문학'에
대해 말하지 않아도 좋다 입이 편하다 마음이
편하다 마음을 건드리는 것이 없다.
무아無我. 말하지 않는 것이 편하고 자연스럽고
여유 있다. 이것은 마치 '사랑과 연애'가 인생의
전부는 아니잖아요, 같은 말과 비슷한 맥락.
있는 그대로의 나 자신도 괜찮다고 외쳤던 적도
있지만 이제 더 이상은. 내 일기도 소설이 될
수 있습니다! 같은 말을 외치지는 않는다. 퓹.
열정. 저 말을 외치는 자들을 유리 창문을 통해
관찰하며 따뜻한 커피를 마시지도 않는다. 왜
저래?,도 아니고. 뭐야? 미친놈이야?,도 아니고.
쯧쯧!,도 아니다. 스쳐 지나가는 풍경 속 행인들.
인스타그램과 트위터를 보며 수집하거나
캡처하거나 내가 이런 것을 봤다며 친구와
속닥거리는 일도 거의 없다. 친구는 바쁘고, 나도

바쁘니까. 건강과 숙면, 좋은 술과 좋은 음식
그리고 수영과 여가 생활과 요가. 다이어트와 내
몸에 대해 공부하는 시간들과 치과 진료.
문학이 나를 힘들게 했기 때문일까?
아닌 것 같다.
내 삶의 가치들 중 두 가지 이상 탈락.
땡! 땡땡땡!
땡땡땡땡!
Get out. 돈과 재미. 그런데. 두 가지만
탈락이었을까? 생각해보면 나는 세 가지라고
생각해왔는데, 마지막은 어떤 역할에 대한
것이다. 문학은 [……] 도대체 할 줄 아는 게
뭘까? 이야기를 통해 사실과 사건 사이의 길을
잘 닦아준다고 생각했던 적도 있었지만. 기술의
도움을 받아 문학은 '갬성'의 자리를 팔 수 있게
되었고 그것은 다행이다. 문학이 뭘 했나요?
문학은 2010년대에 뭘 했죠? 낭독회? 알라딘
굿즈? 손 글씨 클럽? 도대체 뭘 했어? 위계와
권력형 성폭력과 폭력들. 침묵 회피 기만. 이거
외에 뭘 했어? '나 죽었다 꼬르륵! 눈 가리고
아웅! 나 몰라라!' 같은 개소리는 집어치우고
정말 나 궁금해서 그래. 나 개인의 우울감과
자폐와 무기력에 약간의 치유와 공감. 고마워.
근데 그거 말고 뭐가 있어? 뭘 할 수 있어? 돈도
안 되고 재미도 안 되고 심각하게 무용함을

넘어 해롭다고까지 느껴지는데? 해로운 이유를
열거하자면 [……] 너도 알잖아. 뭘 물어.
2017과 2018은 지금의 나를 보고 무슨 생각을
할까. 생각은 무슨. 새끼, 말 드럽게 많네. 하겠지.
이래서 글 쓴다는 놈들은 역겨워. 하겠지. 엄살은.
하지만 잘하면 멋있을까요? 내가 멋있니,
너는? 장현아 말해봐. 도대체 뭐가 멋있다는
거지? 잡지에 시가 실리는 거? 허락도 구하지
않고 타인의 사생활을 가져다가 미화해서
서사 쳐 발라서 그럴듯하게 적어놓은 거? 세금
떼인 원고료? 말로 글로 떠들기만 하는 거?
Fake? 나는 내가 역겨워. 그거 결국 다 나한테
돌아오더라 부메랑처럼. 차라리 말하지 말고
쓰지 말고, 거울에 비친 말하는 쓰는 자신을 보고
자의식 충전하지 말고,
그 시간에 건강하고 정직하게 살아갔다면.
미희 입 벌리지 말고. 미희 카메라 돌리지 말고.
녹음기 건들지 말고. 그만. 종이에게 사과해
나무에게 사과해.
쓰레기 같은 책들이 숱하다. 출판될 출판될
예정에 있는 책들의 목록xls.들을 보면. 아무
감정이 없다. 소설이 언제부터 불가능해졌는지
혹은 예술이 언제부터 스스로 사망 선고를
내리고 우물 안에 빠졌는지에 대한 예술사회학
서적도 읽을 만큼 읽었다. 나, 4학년이야.

대학 때 도서관 엔피씨(Non-player
Character)라는 별명을 얻었으니까.
그 시간을 좋아했고. 예술의 한계와 소설의
한계라는 말을 리포트에 쓰고 발제문을 작성하는
일도 이제는 하지 않는다. 오히려 줄거리 요약과
복사-붙이기와 강의자 지침을 그대로 따르는
일이 더 편하다. 플롯을 추리고 작가론(작품론)을
떠도는 유령이 되는 것이 더 편하다. 최소한
안정감은 있으니까 열정페이라 해도 이쪽이 나은
것 같다.
앞에서도 말했잖아, 금방 서른이야, 정신 차렸어.
그럼에도 예술과 문학 판 안에는 여전히
사람들이 많다. 나는 병신처럼 why so serious?
했지만, 이 책은 나의 첫 책이지만 마지막 책이
될 수도 있다는 생각을 하니까, 그냥 재미있게
봐주세요. 재미 없으면 사지 마시구요.
마지막 일기는 아닐 테지만 나는 늘 일기를 책에
넣고 싶다는 생각을 했으니까. 학교와 교수들은
이걸 늘 이상하게 생각했지만 이제는 그들을
미워하지 않고 나는 그들의 건강과 안부를
묻는다.
무탈하시죠.
이것이 더 중요하다. 사람이니까.
2019는 내가 소설 TEXT를 쓰는 게 아니라
소설 TEXT에 의해 내가 씌어진다고 느낄 때가

많다거나 '작가'와 '소설'에 대한 숱한 정의들
사건들 내가 객관이다!라며 배설되는 숱한 책과
글자 문장 들. 탐독하고 했지. 정말 열심히 그것을
즐겼다. 정확히 반으로 나누어지는데, 2017과
2018에 문예창작에 대한 감각과 내가 글을 잘
쓴다는 것(개성)과 내가 글을 잘 쓰는 것과 내
글이 좋은 점수를 받는다는 것은 다시 말해, 글을
잘 쓰는 사람과 등단하는 사람의 개념은 등치가
아니라는 사실에 대한 몰입도가 점차 떨어질 때
즈음. 나는.
이것들 봐라? 싶었고. 투고를 줄였고, 과몰입은
되지 않았고, 글을 잘 쓰는 사람은 널리고
널렸고, 사람에게 애정을 갈구하기도 하였고
동시에 사회학 여성학 서적에 몰두했다. 그래,
지성. 지적 탐구욕. 역겨운 자신을 소독하기.
연구자들과 소수의 출판사들이 얼마나 이
일을 사랑하는지. 문예창작과의 화이트 박스
안에서 나는 소비자로서 연구자의 연구자로서
행복하게 혼자 '딴짓'을 하곤 했다. 그리고 이
딴짓을 매주 과제로 제출하고 아카이빙했다.
포스트모더니즘과 구조주의. 텍스트의 노력.
베케트. 무의미의 의미 혹은 실험의 실험. 무용의
유용. 텍스트가 텍스트임을 포기함. 텍스트의
자살. 패러디. 좋은 소설은 소설 자신이 이것이
소설일 뿐이야,라고 말하는 소설이야! 그렇지

않아, 형? 같은 말. 해석. 채미희와 나와 형.
이제는 그다지 길게 나누지 않는 대화들. 문단.
심사평. 심사자. 예심 본심. 나도 심사위원 하겠다
죳팔. 카메라의 욕망과 쓰는 기계의 욕망과
성폭력 가해자의 욕망과 이 일을 수 년 동안 하는
사람들. 이젠.
궁금하지 않습니다. 궁금해야 할 것들은 이미
충분히 널리고 널렸다. 2019는 그래서 힘들었다.
허전해서. 퓹.
2020은 4학년이고 '문송'이기 때문에 힘들다는
말도 가려서 하고 싶다.
열심히 살아. 정직하게. 떳떳하게. 우울과
클리셰의 거울 이미지. 서사화 그리고 이미지의
배신. 문학 작품을 읽을 시간이 있다면, 부모님께
안부를 한 번 더 묻고 스트레칭을 한 번 더 하며
지금 이 사회에 필요한 운동과 글을 생산하고
있는 연구자들의 글을 소비하라. 문학 서적을
구매할 돈으로 친구에게 밥을 사고 애인에게
꽃을 선물하고 나 자신에게 영양제를 선물하라.
2020에는 이렇게 어느 정도 나의 흐름이
귀결되는 걸지도 모른다. 억울함도 분노도
열등감도 부끄러움도 후회도. 없다. 있었을까?
뭔들 뭐가 중요해. 지금은 편안하다는 것이
중요하지. 앞으로도 나의 일기는 편안할 것이다.

その時が良かったです。
소노 토키가 요캇타데스.
そして。
그리고.
今もいいです。
지금도 좋습니다.
大丈夫です。
괜찮습니다.
続けてやってみます。
계속해보겠습니다.

Y 우리 돈 많이 벌면 다음에 이런 거 먹으러 오자.
내가 이거 사줄게.

Z 세상이.
세상은 하루가 다르게 나빠지는 것 같아, 미희야.
「집에돌아가는길에나는또후회를해야해어디서부터망한지를몰라다시돌아가는일을반복해야해근데다시또생각해봐도뭐가뭔지도잘모르겠어*」
세상에서.
이런 세상에서.

ReadMe Jang Hyun: 외롭고 초라하게 너 우스워지게 만들어서 내가 많이 미안해.
Your smile is pretty.
Good-bye!

---

* 오대천왕, 「멋진헛간」, 2015.

채미희: 반성을 해. 반성문 쓰지 말고. 사랑하는 사람과 떳떳하게 살아. 네가 제일 앞에 쓴 것처럼. 다시 앞으로 가.

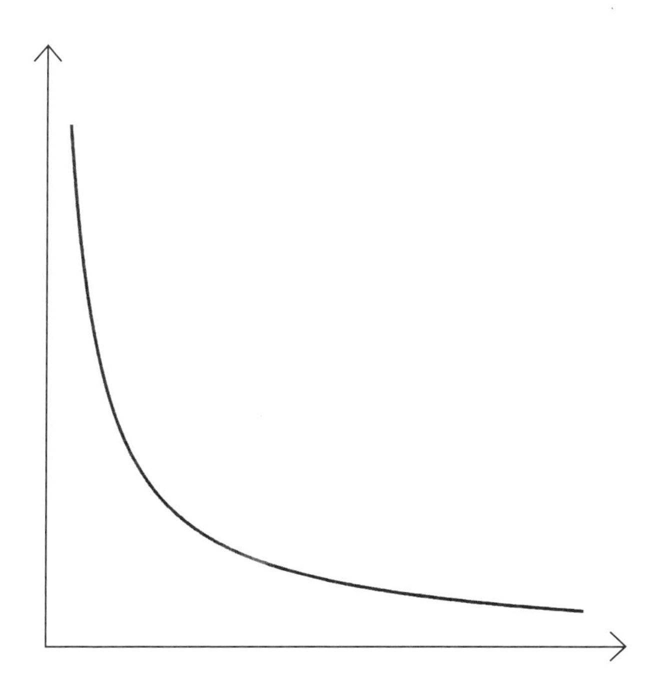

우리에게 무언가를 그만두는 그 순간은 포기가 아니라
졸업입니다.